대한창작문예대학 졸업 작품집

동반의 여정

시음사
시사랑음악사랑

대한창작문예대학 교수 명단

김락호 교수
- (사)창작문학예술인협의회 이사장
- 대한창작문예대학 설립자
- 시인, 소설가, 수필가, 평론가

최상근 교수
- 대한창작문예대학 학장
- 시인
- 교육학 박사, 영문학 박사

문철호 교수
- 대한창작문예대학
- 시창작과 교수
- 시인
- 문학 박사

박영애 교수
- 대한창작문예대학
- 시창작과 교수
- 대한시낭송가협회 회장
- 시인, 시낭송가

대한창작문예대학 제6기 졸업 작품집을 엮으며

요즘 독자나 문화예술을 사랑하는 사람들의 문화적 욕구 충족은 나날이 고도화되고 예술가들의 고뇌 역시 점층 (漸層) 가도(街道)를 달려도 변화에 적응하기 힘들다.

일반인들의 문화 예술적 감각도 끊임없이 고도화되고 있는 현대의 사회에서는 일반인들의 생각을 뛰어넘은 그 무엇, 그러면서도 그들을 리드할 수 있는 작품을 만들어야만 문화예술인으로서 인정을 받을 것이다.

다른 사람의 작품을 존중해주고 지인으로서 서로를 사랑할 줄 아는 예술인만이 그 생명력이 큰 나무가 되어 많은 이들이 쉴 수 있는 그늘을 만들 수 있을 것이다.

대한창작문예대학 제6기 졸업생들의 작품을 보면서 같은 주제로 서로 다른 이미저리를 만들어 하나의 작품으로 탄생하는 과정을 지켜 볼 수 있는 기회를 가져 보자.

교수 **김락호**

▶ 김락호 교수 강의

▶ 박영애 교수 강의

▶대한창작문예대학 6기생 기념 촬영

* 목차 *

* 목차 *

* 목차 *

* 목차 *

* 목차 *

곽종철 시인

프로필
 - (사)창작문학예술인협의회 정회원 및 이사
 - (사)과우회 정회원 및 이사 - (사)한국기술경영연구원 연구위원
 - (사)실버넷뉴스 기자   - 국립과천과학관 전시해설사
 - (사)과우회 봉사단 교육간사 및 지도강사
 - 서울강남구자원봉사센터 교육봉사단 강사 등
 - 대한창작문예대학 6기 졸업
 - 문예창작지도자 자격 취득
〈저서〉
-개인시집 : 제1집 마음을 흔드는 잔잔한 울림(2013년, 시음사)
            제2집 물음표에 피는 꽃(2015년, 시음사)
-공동시집 : ① 명인명시 특선시인선(2012년~2016년, 시음사)
            ② 유화에 시의 영혼을 담다(2015년,시음사) : 시화시집
-동인지(시집) : 들꽃처럼(2015년, 시음사) 회원공동저서
〈공동산문집〉
-과학기술의 미래 ; 청소년이 묻고 과학자가 답한다
                              (2011년, 자유로운 상상)
-과학기술 선진국을 이룬 숨겨진 이야기들 :
       테크노크라트(technocrat)들의 땀과 혼(2012년,(사)과우회)
-봉사는 사랑을 싣고(과우봉사단 창설 7주년 기념 봉사
                              수기집 ; 2013년,(사)과우회)
〈수상〉
  대한창작문예대학 졸업 작품 경연대회 은상
  (사)창작문학예술인협의회 신인문학상, 올해의 시인상,
  한국문학 우수 문학상, 한국문학예술인 금상, 베스트셀러
  작가상 등 다수, 녹조근정훈장, 대통령표창, 국무총리표창,
  장관표창(과학기술부 및 재무부) 구청장표창(서울 강남구 및 강동구)

첫걸음

곽종철

학창 시절로 돌아가 좋더니만
황혼 시절로 되돌아오는 아쉬움에
작별의 노래를 부르고 싶구나.

힘든 짐 벗는 즐거움도 잠시
찰떡같이 맺은 인연 끊어질까 봐
사랑의 노래를 함께 부르고 싶구나.

밤하늘에 반짝이는 북극성처럼
온 누리를 밝게 하는 태양처럼
일러주신 문인의 길 걷고 싶구나.

만남도 이별도 추억 속에 잠재우고
잊지 말자며 심어준 '혼'을 품고
꿈꾸는 그 길에 첫걸음을 떼고 싶구나.

취중진담(醉中眞談)

어둠이 깔리고 술자리가 벌어지면
잘난 사람 못난 사람 가릴 것 없이
세상의 모난 데 깎는 소리로 요란하구나.

가진 것 없이도 큰소리칠 수 있는 곳
오가는 한 잔 술에 취기가 거나해지면
하소연인지 충고인지 거침없이 내뱉는구나.

해묵은 감정 단숨에 다 날려버려도
내 가슴이 후련한 것은 잠시일 뿐
네 가슴에 상처 줄까 후회스럽구나.

작심이라도 한 듯 말 속에 뼈가 있네.
참고 참으며 가슴에 담아둔 말들
어디서 생긴 용기인지 잘도 하더구나.

장미꽃의 실연(失戀)

곽종철

먼 길 돌아와
이제야 우리가 만난 것처럼
덥석 가슴에 품고 싶은데

"안 돼요. 안 돼"
당신 마음 아프게 할 가시 때문에
더 다가갈 수 없는 운명이구려.

이처럼 아름다운 당신의 모습
다시는 볼 수 없을 것 같아
손으로 잡아보고 싶은데

"그러지 마세요. 상처가 클 텐데"
당신 가슴에 지지 않는 꽃이 되어
멍든 가슴을 어루만져주고 싶구려.

초록빛 내 사랑

곽종철

당신과의 만남
바람에 날아온 민들레 홀씨처럼
만남을 위해 다가갔다가
정말 운명처럼 만났을 뿐이야

하늘과 땅 사이
많고 많은 사람 중에
오직 내 마음에 꼭 드는
단 한 사람 만나서 곱게 살 뿐이야

그대가 내 곁에 있고
나 그대 곁에 있으니
함께하며 사랑의 씨앗 틔워
꽃 피고 열매 맺을 수 있었던 것이야

늘 한결같이
함께하는 그대 앞에서
수줍어 못하는 말 한마디
"내 곁에 있어 줘 고마워"

방앗간 찾는 참새들

곽종철

추운 겨울 어둠이 깔릴 때쯤,
누가 팔을 잡고 끌지도 않는데
발걸음은 포장마차로 향(向)하지.
마치 페로몬 향기에 끌리듯

초청장도 없고 약속도 없지만
평생을 기약한 인연이 아닌데도
같은 길을 늘 같이 갈 수 있어
참 좋구나! 방앗간 찾는 참새들

방앗간에서 펼쳐지는 뮤지컬 한 편
구수한 이야기의 꽃을 피워 즐겁고
찰랑대는 술잔에 자란 정이 따뜻해
자정이 지나도 멈출 줄 모르는 참새들

각박한 세상 속에 넉넉한 단골집
허기진 삶의 온기를 느끼려고
지우고 싶은 아픔을 잊으려고
쓴 소주잔에서 단맛을 찾는 참새들

망향가

곽종철

삼월 삼진날이면 찾아와서
초가지붕 처마 끝에 집을 짓고
또랑또랑한 새끼 기르던 제비
올해도 왔을까 그립구나.

먹이 물고 새끼 찾던 어미 생각에
철부지처럼 엄마를 불러보고
지저귀는 새끼 소리 귓전에 맴돌면
한 이불 덥던 우리 형제 그립구나.

구월 구 일 중구일(重九日)이 되면
말없이 떠날 채비하던 제비처럼
백발이 성성한 이 가을 남자도
남쪽으로 훌쩍 떠나가고 싶구나.

전봇대에 집을 짓는 까치들이
까마득한 옛 추억을 물고 와
눈시울이 뜨거워지는 고향 생각에
문뜩문뜩 망향가를 부르고 싶구나.

믿음까지 담아주는 렌즈

곽종철

고운 모습 남기고 싶어
"김치"하며 입 꼬리를 올려보고
"치즈"하며 눈웃음도 쳐보면서
정성을 다해 몸짓 해본다.

웃는 얼굴엔 주름살이 한 가득
초롱초롱하던 눈도 거슴츠레하고
세파에 변한 내 모습이
너무 낯설기만 하다.

세월 따라 점점 좋아지는 네 능력,
보고 싶지 않은 곳은 숨겨주고
부족한 것은 채워 원하는 얼굴로 만드니
참 신기하고 놀랍다.

삶의 황혼기에 접어드는 내 모습
보여 지는 겉모습이 작고 허물어지지만
내 너를 믿고 여유롭고 환한 웃음으로
당당하게 셔터를 누른다.

내 얼굴에 숨은 향기

곽종철

거울 앞에 홀로 서서
내 얼굴을 보고 또 봅니다.
내 얼굴을 내가 봐도 나 같지 않네요.
젊음과 패기는 어디로 가버리고
흰 머리에 대머리는 언제 찾아왔는지
주름살도 저승꽃도 언제부터 생겼는지
볼수록 내 얼굴이 미워져 돌아섭니다.

혹시나 잘못 본 것 같아
내 얼굴을 다시 보고 또 살펴봅니다.
주름살 뒤에 너그러움이 보이고
백발 뒤에 혜안(慧眼)이 빛나네요.
저승꽃은 미움을 사랑으로 감싸주네요.
사랑도 미움도 보듬어 주는 내 얼굴,
보면 볼수록 사랑스럽습니다.

배꼽시계

책보자기 옆에 끼고
산 넘어 학교까지 시오리 길을
같이 가자는 동생들의 애원도
아랑곳하지 않고
바람 타고 달려가듯 단숨에 갔었지.

첫 시간이 지나고 나면
배꼽시계는 쪼르륵하며 울린다.
때맞추어 도시락 뚜껑이 열리고
호랑이 선생님이 오셔도,
시계에 밥 주는 일은 멈출 줄 몰랐지.

"너, 일어서!"라는 선생님 호통에
잔뜩, 겁을 먹고 엉거주춤 일어섰는데
"오늘 변소 청소는 너야"
선생님은 또 한 말씀을 보태셨지.
"배꼽시계 믿지 말고 종소리 잘 들어라."

강산이 몇 번이나 바뀌었어도
고장도 없는 배꼽시계,
그가 울릴 때면 학창시절 생각나네.
"배고파도 참아야지"라는 말씀에
미워졌던 그 선생님도 보고파진다.

마음 따라 그린 그림

곽종철

기지개를 켜며 창밖을 내다보니
흰 눈이 종이처럼 펼쳐져 있네.
비어 있는 곳이 너무 커
무엇을 그릴까 망설여지네.
엄마의 얼굴을 그려볼까
삶의 흔적인 발자국을 찍어볼까
점점 멀어져가는 그대 생각에
그대 닮은 웃는 얼굴 그리고 싶네.

넉넉한 여백 때문인가.
여유로운 마음으로 빈자리에다
사랑한단 말까지 쓰고 보니
울적했던 마음도
토라졌던 마음도
사랑 뒤에 숨어버리네.
이 마음 그대에게 전해지면
소원했던 우리 사랑에도 꽃이 피겠지.

국순정 시인

프로필
- 경기 안산 거주
- 대한문학세계 시 부문 등단
- (사)창작문학예술인협의회 정회원
- 대한문인협회 경기지회 정회원
- 대한창작문예대학 6기 졸업
- 문예창작지도자 자격 취득
- 대한창작문예대학 졸업 작품 경연대회 장려상

새로운 세상

국순정

미지의 세계를 동경한
배움에 대한 갈증이
설렘과 두려움으로
혹독한 몸살을 앓아야 했다

굳은 마음으로 발 디딘 세상은
열정으로 가득한 벗들을 만나게 했고
쿵쾅거리는 가슴으로
새로운 세상을 알게 했다

밤낮을 가리지 못한 업무 뒤에
갈증이 없었더라면 느낄 수 없는
배움의 뒤안길에 섰던 내게
세상은 크나큰 기쁨으로 다가왔다

씨실과 날실처럼 한 올씩 짜며
내가 꿈꾸던 시인으로
햇살 아래 꽃을 피우고
열매를 맺어 영글어 갈 것이다

눈부신 암흑

국순정

그대는
붉은 불덩이로 솟아올라
영롱한 빛으로 투영되는
눈부신 하루를 선물하고
범접할 수 없는 강렬함으로
나를 완전하게
그대 품속으로 끌어안는다

그대는
나를 무너지게도
다시 일어나게도 할 수 있는
신통한 능력이 있어
깊은 어둠 속에 나를 가두고
그대를 안을 수도 떠날 수도 없는
눈감은 바보로 만든다

욕망의 붉은 알몸으로 동터
때묻은 세상 휘청이는 골목까지
외면하지 않고
일몰의 아름다운 석양빛으로
바다에 뛰어들어
눈부신 암흑 속에서
내일을 만들어 찬란히 떠오른다

패랭이꽃

국순정

바라볼 수 없는 임 그리워
낮은 곳에서
하늘을 품고 피어난
패랭이꽃이
숨은 듯 외롭게 피어
자꾸만 눈물이 납니다

옥색 치마 분홍 저고리 사이로
봄 색시 설움 터져 나와
맑은 하늘을 지나던 구름도
눈물을 머금은 듯
먹구름 되어
비를 뿌립니다

매운 시집살이
살갗을 파고드는 냉기에도
오롯이 자식 위해 살아오신
내 어머니
패랭이 꽃잎에 설도록 아픈
당신 세월이 눈물로
떨어집니다

하얀 미소

국순정

나의 이름 있었는가
반백 년 흔적은 나이테처럼
내 손 마디 위로 보이고
가만히 들여다본
거울 속 내 얼굴
숨소리도 손놀림도 멈추고
스무 살 내 이름 찾아 나선다

꿈많고 싱그럽던 나는
온데간데없고
만고풍상 겹겹이 쌓은 서릿발이
남은 생을 함께 하자며
천연덕스럽게 내 머리에서
하얀 미소를 짓는다

쭈그러진 얼굴과
반백의 머리카락이
내 모습 바꾸어 놓아도
허투루 인생 살아낸 것 아니기에
따뜻한 마음으로
가을로 가는
내 모습을 사랑할 것이다

내 고향

국순정

소쩍새 울던 내 고향 방천 나무
사시사철 오가는 이방인에게 쉼터 되고
삶의 그루터기가 되어
빈 가슴으로 비로꼬탱이 돌아오는
희미한 그림자를 터주의 웃음으로
반겨 주고 주노라

대아리 저수지 물줄기 따라
마을마다 집집마다
가슴에 쌓인 시름 덜어주고
고향 떠난 이 향수에 몸부림치다
백발노인으로 다시 돌아와도
감골의 인심은 후하기 그지없어라

창포 물에 머리 감고
정갈하게 앉은 여인의 다듬이소리
청아하게 애환을 달래주고
한 해 동안의 풍년과 평안을 기원하는
풍물패들의 사물놀이는
흥겨움에 웃음소리 드높아라

파라다이스의 추억

국순정

봄 햇살만큼 따뜻했던 사람
잊혀지지 않은 이름으로
숨 쉬고 있는 멍에

초록이 우거진 호숫가를
두 손 꼭 잡고 걸으며
행복한 미소도 짓고
콧노래도 불렀지요

요정들이 날아다닐 듯
별천지였고
모든 사람이 복사꽃처럼
행복한 얼굴이었어요

사랑이 꽃물처럼 배어 있을
추억 속 파라다이스는
이름마저 지워지고
빈 가슴에 허망한 바람만 지날 뿐

마음 한쪽 아련한 그리움이
못다 한 이야기로
쪽빛 호수에 흔적으로 남아
나를 반기듯 물안개를 올립니다

우주

국순정

세상의 오묘함
네 안에 무엇이 들어 있어
한순간의 찰나로
돌아갈 수 없는 시간
추억이란 이름으로 머물게 했는지

젖먹던 내 아가의
까만 눈동자
티 없이 맑은 순수까지
순간적인 피사체의 형상으로 가두어
곱게 간직할 웃음도감을
만들어 낼 수 있었는지

만물의 놀라운 변화
렌즈에 투영되는 공간 속에
세상 속 생물의 진화와
삶의 그루터기를 차곡차곡
맛깔스럽게 또 우스꽝스럽게
담아내는 너를 우주라 부르고 싶다

국화차

국순정

맑은 물이 꽃물이 되어
내 몸속 이곳저곳으로 흘러들어
나를 국화꽃보다 더 고운 사람으로
물들여 놓는다

국화차 한 모금에
나도 모르게 미소가 번져
어느새 얼굴엔 국화꽃보다 더 고운
꽃물이 들어 마음이 봄날이다

찻잔에 떠 있는 국화꽃이
나를 닮은 듯 노란 미소를 준다

국화꽃도 꽃이 되기까지
비바람 거쳤을 테고
나 또한 담고 있는 수많은
꽃 수술 같은 사연들을 가졌으니

뜨거운 물을 만나 본분을 다하는
국화꽃처럼
힘들어도 웃을 수 있는
긍정의 힘을 가진 나는
누구보다 행복한 사람일 것이다

배꼽시계

밥 주세요
밥 주세요
분주함 속에서
배꼽시계가 밥을 부른다

커다란 양푼에
달걀부침
유채 나물
콩나물
고추장
고소한 들기름에
쓱쓱 싹싹 비벼서
까르르 까르르
숟가락 아홉 개 장단 맞춰
점심을 먹는다

유채 나물 콩나물이
입안에서
봄나들이 가잔다

문득 올려본 밤하늘

국순정

꽉 채운 하루의 끝에
온종일 고단함에 부대낀
내 육신에 무거운 걸음이
쉴 곳을 찾는다

힘겨운 삶의 물음 앞에
긴 한숨을 토하고
무심코 올려본 밤하늘

저 넓은 우주 공간의 별 하나가
여백 없는 내 하루의 삶에
공허함을 안겨준다

무수히 떠 있는 별을 보며
꿈도 야망도 심었던 하늘은
내 꿈 내 야망을 감추고
다시 그릴 여백으로 남겨 놓았다

김려숙 시인

프로필
 − 서울 은평구 거주
 − 대한문학세계 시 부문 등단
 − 대한문학세계 수필 부문 등단
 − (사)창작문학예술인협의회 정회원
 − 대한문인협회 서울인천지회 정회원
 − 아레스유통 대표
 − 예솔문학동호회 회장
 − 대한창작문예대학 6기 졸업
 − 문예창작지도자 자격 취득

〈수상〉
 − 대한창작문예대학 졸업 작품 경연대회 장려상
 − 2013.한양예술대전 시 부문 입상
 − 2013.한양예술대전 시화전 참여.

〈공저〉
 − 서울인천지회 "들꽃처럼2" 동인

세월이 주는 여백

김려숙

포말처럼 하얗게 부서져 내려
채우고 싶은 허기진 삶

차창 밖의 붉은 십자가
깊어져 가는 밤의 정적을
홀로 불태우며

낯선 어디론가 도망가고 싶은
타다 버린 뜨거운 열정이
먼 듯 가까운 듯 마음을 흔들어
고단함으로 밀려온다

무채색 같은 긴 세월의 속삭임
수많은 설렘 한 귀퉁이에서
무념의 굴레에 빠져
삶의 한 자락 슬픈 노래로 다가온다

꿈의 나래

김려숙

어두운 땅거미가 사르르 내려앉는 저녁
추억들이 차곡차곡 쌓여가는 소중한 기억
퇴근길 마주하던 설렘 하나

큰 길옆 한 귀퉁이 도로 위에
나란히 누워있던 많은 책들
작은 꿈들이 그리움으로
반짝이는 가슴 숨어있네

허기져 떨고 있는 작은 영혼
친구가 되어주던 눈물빛 무지개
고단함이 진하게 묻어나던
그 거리의 책들

텅 빈 주머니를 배불리 채워주던 시간들
꿈의 나래를 타고 먼 하늘을 나르며
행복을 꿈꾸었네

자연의 궤도

김려숙

사선으로 꽂히는 굵은 빗방울이
넓은 초원을 적시는 오후
멈출 줄 모르고 달리는 야생마처럼
별이 되어 쏟아진다

이름 모를 꽃들이 꿈처럼 피고 지는
자연의 품속은
안개처럼 모락모락 피어나
나약한 그대에게 기대라고 속삭이는데

소리 없이 흐르는 시침과 초침의 궤도는
한순간의 오차마저도
게으름을 용서하지 않으려는 듯
무언의 절규가 되어 돌아온다

무한한 우주 속에서 뜨거운 태양은
숨 가쁜 땀방울 위해 존재하고
수레처럼 달리는 수많은 날들은
자연의 궤도를 타고 날아오르는
화려한 열정이 되며

째깍째깍 맥박의 움직임은
찰나의 행복을 안으려는
심장 뛰는 소리가 되어
목마르게 타오른다

모란을 바라보며

김려숙

모란이 활짝 핀 오월의 공원
아버지는 어린 딸의 손을 잡고
하얀 이 담뿍 드러내고
꽃보다 환한 웃음 짓고 서 계신다

찰칵찰칵 경쾌한 소리는
어린 딸의 가슴을 설레게 하고
석류알보다 고운 깔깔 웃음
꽃송이처럼 벙그네

가슴속 깊은 곳에 각인된
빛바랜 소중한 추억 한 장
따스한 아버지의 잡은 손
모란처럼 그리움을 일깨운다

긴여운

김려숙

푸른 하늘을 나는 한 마리 새처럼
하얀 영혼도 구름처럼 흘러가다
무한대의 미소로 품어주는 자연 앞에
한 발자국 물러서서
들숨 날숨 크게 한번 토하고 싶다

심호흡 뒤에 오는 무거운 기억들을
이제야 허공 저편으로 날려 보내며
백지 위에 그려지는 마법의 성 같은
이름 모를 꿈들의 유혹을
오롯이 품에 안아본다

그러나
바람 소리에 흔들리는 잎새들 따라
밀려오는 크고 작은 번뇌의 늪에
가라앉는 숨소리

일상의 도도한 기운에 갇혀
고단한 시간은 소리 없이 다가오고
낯설어 상처받은 여린 마음을
포근히 감싸주고 떠나버린 그대의 모습은
긴 여운으로 남아 내 맘속에 똬리를 튼다

시냇물 소리

김려숙

정겹게 졸졸졸 흐르는
찌든 때 말끔히 씻어주는 소리
아기 울음 닮은 시냇물 소리는
마음을 간질이는 소리

송사리떼 알른거리던 징검다리
하나둘 건너며
고기 잡고 물장구치던 시냇가

조약돌로 물수제비 뜨며
깔깔대던 친구들의 웃음소리
꿈속에서도 메아리로 맴돌아
귓가에 쟁쟁 울려 퍼진다

오늘도 가슴에 남아
조용히 마음속을 흐르는 시냇물
졸졸졸 흐르는 소리가
그리움을 더 해준다

아픔을 넘어 빛이 되리라

김려숙

영혼의 아픔을 넘어
무던히도 심약한 그림을 그리다
손끝의 핏줄을 놓아 버리려
울음 우는 숨소리

어느 책상 한 귀퉁이
짓눌린 가위에 고통받는 눈망울
속울음 우는
그대들과 함께 울어주고 싶다

유채색 놀음에 익숙하지 못하여
무거운 숨소리가 있다면
이제는
조용히 귀 기울여 주어야 한다

그림자를 옭아매는 올무
보이지 않는
어두운 그곳에서 들려오는
착한 천사를 닮은 그대들

넓고 푸른 하늘을
꿈꾸는 무지개 빛깔로 곱게 칠하여
모든 꿈을 한 아름 가슴에 담아야 한다

넓디넓은 우주의 별처럼
고운 눈빛으로 날갯짓하는
이 세상이 그대들의 것임을 잊지 마라
힘든 그대들에게 힘이 되어주고 싶다

바람 소리

김려숙

카멜레온의 다양한 색깔처럼
변화 많은 우리네 삶
가슴으로 안으며 걷는다

날아오는 흙먼지를 마시며
산길을 걸어간다
숨이 차오른다

불현듯 떠오르는 옛 친구들
같이 뛰어놀던 그 길목
그리움은 싸한 바람 소리에 실려
설렘으로 다가오고

언제나 기다려지는 허전함
볼을 감싸듯
한 점의 바람이 되어
가슴 한편에 진하게 드리운다

백조처럼

김려숙

우아한 무희들의 춤사위
백조처럼 눈부시다
반짝이는 시선은
구름 따라 실려 가고

희고 아름다운 한 마리 백조의
가없는 꿈을 위해
몸부림치는 수많은 숨소리

때론 지고지순한
한 송이 백합꽃이 되기 위해
발돋움하며

허허로운 영혼은
자신을 뜨겁게 사르며
욕망의 끈을 잡고 서성이는데

아스라한 햇살에 기대어
전해오는 환희의 전율은
온몸을 타고 흐른다

여행

김려숙

꿈이 밀려온다
푸른 바닷가 출렁이는 하얀 파도
설렘으로 다가온다

무거운 등짐 말없이 내려놓으니
시원하게 불어오는 바람 소리에
마음은 풍선처럼 날아오르고
여름 바다에 풍덩 빠지는 동심

갈매기 날갯짓 따라
눈부신 태양과 눈 맞춤하며
모래밭에 아름다운 추억을 그려본다

찌들었던 가슴
하얗게 씻어 버리고
한 마리 자유로운 새가 된 양
행복한 여행의 나라로 빠져든다

김미숙 시인

프로필
- 경기도 남양주시 거주
- 2016 서정대학교 사회복지행정과 재학중
- 2015년 대한문학세계 시 부문 등단
- (사)창작문학예술인협의회 정회원
- 대한문인협회 경기지회 정회원
- 2016 대한시낭송가협회 회원
- 대한창작문예대학 6기 졸업
- 문예창작지도자 자격 취득

겨울과 봄 사이

김미숙

겨우내 숨죽이며
하얗게 침묵하던 강은
얼어붙은 결박의 시간을 풀고
조용히 심호흡한다

멈췄던 시간을 딛고 일어선 창백한 물빛
때늦은 꽃송이 같은 눈보라가
강 위를 배회하다 잠들면
허리 굽힌 산그늘이
고개 숙여 얼굴을 담근다

쓸쓸했던 겨울을 지나
잠시 쉬었던 날들만큼
푸른 잎을 피우면
흘려버린 세월의 공허함에
꽃을 가꾸며
빈 하늘에 희망을 그려본다

오래된 괘종시계

뎅그렁뎅그렁
묵직한 시계추 종을 치며
여명의 새벽을 걷어 올리면

거친 손으로 열 식구의 밥그릇에
정성으로 밥을 퍼담는 고단한 엄마의 손길

풀어진 태엽을 옥죄어 감으며
험한 시간을 헤쳐오면서도

당신은
소중한 뜰을 가꾸듯 자식들을 길러내셨고

어둑어둑해지는
저녁 시간 속에 서 계십니다

올곧은 세월을 돌아 나와
무거웠던 추를 내려놓은 당신의 얼굴엔

순례자의 편안한 미소가 흐르고
평화로운 종소리 울려 퍼집니다

나물 뜯던 아이들

김미숙

집집이 배고픈 빈 마당에
허기진 삶들의 멍석이 깔리고
비루한 가난에도 이태에 한 번꼴
아이들의 머릿수는 늘어만 갔다.

허술하게 어깨 두른 개나리 담장 안으로
봄 햇살이 들어차고 구멍 난 황토 흙담을
따뜻하게 데워놓으면 손등이 때에 절어 새까만
동네 아이들이 담장 아래로 모여들었다.

배고픈 보릿고개 중에도
개천 둑에 물오른 버들강아지 꺾어
풀피리 불며
새파란 미나리처럼 자라나던 아이들.

언 땅이 풀리고 새순이 돋아난
양지바른 밭둑에 모여앉아
뽀얗게 자라난 쑥을 뜯고
망 초대 냉이를 다듬어 고사리손으로
부엌에 걸려있는
빈 솥을 채워 한 끼 양식을 보탠다.

저녁 해거름
가느다랗게 피어오르는 굴뚝의 연기
식구 수 대로 물을 채우고
한 줌 쌀가루를 보태 끓여진 나물죽
불룩한 배가 금방 또 꺼질
공갈빵 같은 한 끼의 행복한 밥상이지만

순하게 웃으며 배를 채우고
곤한 잠속으로 곯아떨어지며
착한 하루를 살아가던 나물 뜯던 아이들

민들레꽃

김미숙

새초롬 들쭉날쭉 변덕스런
봄바람 장단에도
나풀 나풀 춤추는 나비

세상사 철모르는
노란 아기 민들레꽃

지나가는 바람에게
나 좀 일으켜줘

세상이 너무 궁금해
아무도 듣는이 없어 풀이 죽은
길옆의 민들레꽃

밤마다
가장 낮은 땅으로 내려앉은
달님 별님과 나눈 반짝이는 얘기들

어느 날
온몸이 깃털처럼 가벼워지며 생긴
마흔아홉 개 홀씨주머니

넓고 푸른 하늘로
둥실 떠올라
고운 꽃씨마다 오색 풍선이다

터

김미숙

억겁의 인연 윤회의 이끌음이
단단한 터주 땅의 혈맥을 열어
맨 처음
어린 혼불로 푸른 정기가 서린 곳

개천을 뛰어넘고 황토 흙을 내딛으며
깨진 사금파리에 생채기가 생겨도
꾸덕꾸덕 아물며 살과 뼈가 자라났다

한여름 마당 가득 이글거리며
내리쬐는 뜨거운 햇빛은
서슬퍼런 장닭의 숨죽이는 긴장
막연한 두려움에 목놓아 울던 작은 아이

방랑자처럼 떠돌다 바라보는
태산 같던 앞산은 작아져 야위었지만
내 알던 바람은 변함이 없고
어리던 나무가 자라나
마을을 끌어안아 지키고 있다

내 안에 사랑아

김미숙

연둣빛이 초록으로 물들어가는
청량한 오월의 숲
풀잎들의 싱그런 미소
새들의 노랫소리가 사랑스럽습니다

맨발로 편안한 숲길을 걷다가
듬직한 바위가 솟은 나무 위로
푸른 하늘을 올려다보면
먼저 생각나는 사람이 있습니다

인생 서투른 순환 중
운명처럼 마주한 사람
바람처럼 떠돌던 마음
한곳에 모여 연리지로 자랍니다

내 마음을 울고 웃게 했던 사랑하는 사람아
내 마음에 꽃피고 눈 내렸던
사랑하는 내 사람아
영원히 잊지 못할 내 사랑아

소나기

김미숙

마음의 문을 잠근 침묵 속
혼자만의 응집된 옹이들

생기 없는 시간의 비늘은
지루하게 뚝뚝 떨어져 내리고

세월을 기다리며 싸워온
난기류와 온기류

팽창된 의식의 부풀림을
더는 견디기 어려워서

격렬한 터트림으로
간절한 물꼬를 터준다

소나기
너를 속 시원히 바라본다

음다

김미숙

깊은 산중 사찰에 드니
솔바람은 나뭇가지 끝에
한가롭게 노닐고

낡은 처마 아래 풍경은
지나는 바람 허리춤을
붙들어 당겨 희롱하는구나

머문다 간다
풍경소리 시비에
누웠던 큰스님
헛기침 소리

놀란 개암나무 열매
입이 딱 벌어진다

잠이 덜 깬 시 자승 멀건 눈으로
돌 주전자에 물을 끓이면
어린 햇차는 매무시를 가다듬고

곡우 전 취한 차를
백자완에 다려 옮기니
찻물 위에
삼라만상 맑은 기운이 서리네

향기로운 어린 차 향이
혀끝에 매달려 떠나질 않으니
오래도록 품고 가야 할
평생 벗인 양 사랑스럽구나

부부

김미숙

선남선녀 신랑 신부
사모관대 활옷 입고
연지 곤지 찍고
길게 늘어뜨린 금박 도투락댕기

머리 위에 오색 구슬 꿰어 만든
비단 족두리는
파르라니 살포시 흔들리고
두렵고 설레던 혼인 하던 날

청실홍실 엮어 매준 기러기 한 쌍
가슴에 안아 품으며
바람 불어와 촛불이 흔들려도
두 몸으로 막아내며

세월의 비바람
함께 겪고 나니
이제는 귀밑머리 서리 내려
안타깝고 애잔하다

새파랗게 눈뜬 청춘은 지나
은빛 갈대 되어 물결치는데
화촉 밝히며 수줍게 꽃잠 들던
세월의 뒤안길에 오롯이 편안한 두 사람

떨어진 꽃들아

김미숙

붉은 철쭉이 아름다워 슬프다
거칠 것 없는 사월의 창공이 눈부셔
또 목이 멘다

팽목항 방파제의
시퍼런 물길을 부여잡고
한 자루 가냘픈 촛불에
간절함을 담아
부디 돌아오라 염원했건만

이 하늘 아래
웃음소리 가득해야 할
너희 어린 미소만 허공에 떠다니고
주인 잃은 빈 책상 아래로
창백한 꽃잎이 스러진다

잔인한 사월의 산야는
속절없이 푸르고 아름다워
그날의 피멍든 붉은 철쭉 빛 눈물
먹먹한 가슴 가득 뚝뚝 떨어진다

김혜정 시인

프로필
- 경상남도 사천 출생
- 대한문학세계 시 부문 신인문학상
- (사)창작문학예술인협의회 이사
- 대한문인협회 서울인천지회 부지회장
- 한국문인협회 회원
- 대한창작문예대학 6기 졸업
- 문예창작지도자 자격 취득

〈수상〉
- 2011년 제 3회 미당 서정주 시회문학상 수상
- 명인명시 특선시인선 2005년 선정
- 명인명시 특선시인선 2016년 선정
- 한국문학비평가협회 문학상 수상
- 한국문학 우수 작품상 수상
- 대한창작문예대학 졸업 작품 경연대회 대상

〈개인 저서〉
- 제 1시집 "어떤 모퉁이를 돌다"
- 제 2시집 "먼, 그래서 더 먼"

〈공저〉
- 현대특선시인선
- 사랑, 그 아찔한 황홀 동인
- 사랑은 기적을 일으킨다 동인
- 詩 천국에 살다 동인
- "유화에 시의 영혼을 담다"
- 서울인천지회 "들꽃처럼2" 동인

어느 소녀의 꿈

김혜정

한껏 기대에 부푼 고요가
자리를 털고 일어나
출렁이는 아침이 오면
나는 마라톤 선수가 되어
길고도 긴 달리기의 여정을 시작한다.

언제나 그랬던 것처럼
조금의 망설임도 없이
끝이 보이지 않는 그 길을
쉼 없이 달려가면
유년의 추억이 방글방글 악수를 청한다

깔깔대며 뛰놀던 너른 마당을 지나
좁은 골목길로 접어들면
비어 있던 소녀의 희미한 여백 위에
이루지 못한 꿈의 언어가
무지갯빛 퍼즐놀이를 하고 앉았다

내 인생의 사계절 앞에서

김혜정

가슴 시리도록 붉게 타오르는
핏빛 노을을 손에 쥔 어둠은
적막함으로 별들을 불러 모은다

어디에선가 서늘한 기운으로
내 앞에 다가서는 것
낯설지 않은 그리움의 바람인가

까만 하늘 별들의
광활한 몸짓으로도 달래지 못하는
빛의 처연한 그리움을 그대도 알고 있겠지

내 인생의 사계절이 가리키고 있는
오후 세시 오십사 분의 초침소리 들으며
나는 그대 안으로 뚜벅뚜벅 걸어가고 있다.

창백한 기억

김혜정

달빛이 흥건히 젖어 내리는 밤
창백한 기억 하나가
꼬깃거리는 가슴을 펴고
바람 부는 행길에 홀로 앉았다

소소한 꿈 한 조각 펼쳐 들었던
지난날들은 어디로 갔을까
작은 흔적조차 찾을 수 없는
마음은 헛헛하다

나지막이 휘파람을 불어본다
깊은 밤 정적을 깨트리는 소리
창백한 시간 위에 드리워진
궁핍한 언어들이 입술을 깨문다

별을 닮은 여자

김혜정

길을 걷다가 흘깃 곁눈질로
유리창에 비쳐드는 모습들을 훑어 본다

제법 당당한 모습의 한 여자가
늦지도 빠르지도 않은 걸음으로
세상을 유유히 걷고 있다

앞만 보고 열심히 살아온 세월
그만큼 욕심도 많아져서
매일 꿈의 창문을 닦으며
희망을 노래 부르는 여자

더 높은 곳을 향해 오르다가 가끔은,
슬픔을 만나고 울음을 만나기도 하지만
결국은 맑게 갠 밤하늘 위에
아름다운 별이 되어 빛나는
한 여자의 삶을 본다.

우주(宇宙)

김혜정

한낮에 내리쬐는 햇살만 봐도
가슴이 울렁거리고
저만치 붉게 물드는 노을만 봐도
가슴에 환희가 차오른다

생명의 눈을 가진 나는
삶의 모든 순간을
추억으로 멈추게 하며
아름다운 봄이 찾아와 유혹하는
화려한 우주를 걸어 다닌다

벚꽃이 팝콘처럼 톡톡 튀는 거리
새로운 삶의 풍광을 좇아
조리개와 초점을 맞추고
미세한 심장박동 소리마저
일시 정지시킨다

벚꽃나무 아래 봄나들이 나온
아이들의 해맑은 표정이
내 눈 속에 들어온다

찰칵, 셔터를 누른다

별(2)

김혜정

어스름한 길 모퉁이
홀로 앉아 있는
어둠의 쓸쓸한 가슴을
다정스레 어루만지는
별빛이 있다

낮게 불어오는 미풍
외로운 가슴 어루만지는
따뜻한 손길에 그리운 사람의
사랑이 다정하게 들려 있다

뉘라서 그 사랑을 알까
오랫동안 남몰래 품었던 연정
수많은 세월이 흐른 후
서로의 가슴에 별이 되어
빛나고 있음을.

인연

김혜정

아름다운 꽃잎 위에 새긴 인연
우리라는 줄기를 세우고
믿음으로 잔잔한 뿌리를 내려
한 떨기 꽃으로 완성되는 사랑이여

하늘 아래 운명으로 주어진
꼬리표를 달고
하나 된 삶의 노래 뜨겁게 부르며
숙명처럼 살아가는 우리

가슴 아픈 고통과 슬픔도
함께 나누며 걸어가는
진실한 믿음의 사랑이 있기에
견디어 낼 수 있는 것이리라

한 세상 두 손 마주 잡고
내일의 아름다운 삶을 위해
하얀 웃음 담으며
백합 같은 순결한 노래 부르리라.

돌아가고 싶은 날의 풍경

김혜정

아득한 꿈길인양 들려오는
그 옛날
어머니의 물 긷는 소리와
아버지의 쇠죽 쑤는 소리가
웃도는 세월에 야윈 모습으로 남아 있다

별빛이 유난히 밝게 돋는 날
나는 낯선 거리를 걸으며
흐릿하게 떠오르는 추억 속을
타인처럼 기웃거리고
박꽃 같은 하얀 속살을 만지작거린다

물과 구름이 맑아
은하수처럼 빛이 흐르는 마을
가고 없는 시절 속에 피어나
너스레를 떠는 다정한 그리움은
돌아가고 싶은 날의 풍경이다

용수철

김혜정

태양의 부석거리는 걸음에
바위가 매달린 듯하다
안절부절못하는 하루는
가시방석이다

그렇게 태양과 하루는
서로 공존하면서 다른 꿈을 꾸고
다른 곳을 바라보면서도
같은 꿈을 꾸는 한 몸이다

하지만 그 꿈이 가시에 찔려
생채기가 생기면 갈등은 시작된다
자석처럼 끌어당겨 틈을 메우려 해도
어긋난 자존심은 용수철처럼 튀어 오른다

사금파리

김혜정

가냘픈 어깨 위에
곱게 내려앉은 천 년의 꿈
진흙 속에서 백학 한 쌍이
고요히 앉아 깃을 세운다

불가마니 속에서 싹틔운 희망
바래진 달빛 아래
날을 세우고 앉은
차가운 시선이 슬프다

초라한 삶에 장막을 친
갸륵한 음영은 무언 속에서
은밀한 사랑을 갈구하다
깊은 수렁으로 빠져 몸부림친다

빗나간 절제의 공간 안에서
고뇌의 시간은 흐르고
모가 난 가슴에 칼날 스치는 소리
툭 떨어져 내리는 조각난 이별이다

김흥님 시인

프로필
- 경남 창원시 진해구 거주
- 대한문학세계 시 부문 등단
- 대한문인협회 부산경남지회 총무국장
- (사)창작문학예술인협의회 정회원
- 창원문인협회 정회원
- 대한창작문예대학 6기 졸업
- 문예창작지도자 자격 취득
- 대한창작문예대학 졸업 작품 경연대회 은상

〈공저〉
- 2015, 2016 명인명시 특선시인선 선정

끌림, 그 껴울림의 내력

김흥님

잔뜩 움츠린 시간이
플랫폼 의자에 새침하게 내려앉았다

오늘 아침 무심하게 인사를 건네고
익숙한 간판들 사이를 지나
유유히 빠져나온 조붓한 골목엔
정작 나를 따라와야 할 그림자가 보이질 않는다
타협하지 못하고 모나게 삐죽거리다
구겨지지도 접히지도 않는 자존심의 실체들이
빈 들녘 칼칼한 강물 위에 떠 있다

너무도 무미건조한 나머지
손만 대면 바스러져 버리는 마른 꽃잎들,
야윈 여백의 테두리가 창밖으로 서서히 떨어져 나간다
봄 안개에 가려진 기찻길의 내부를 엿보며
내면과 외면이 영원히 만날 수 없는 뫼비우스 띠를 생각한다

앙금을 걸러내고 말끔히 해감이 된 발신인이 없는
봉인된 소환장을 들고 나는 지금 어디를 향해 질주하는가!

불면증

김홍님

그대,
무슨 이유로 유체이탈의 넋이 되어
몽유병에 걸린 올빼미마냥
어둠의 여신과 합방하지 못한 채
거꾸로 가는 시간 속을 배회하는 건가요

날개 잃은 천사여
붉은 입술, 화려한 밤의 유희
밤이슬 흠뻑 젖은 네온사인 빌딩 숲
역마살 내린 음침한 골짜기를 헤매다
어느 낯선 이방인의 유혹에 빠져
하나밖에 없는 영혼 내다 팔지는 마소서

두억시니 꿈결까지 쫓아오는
악몽의 두려움일랑
돌절구에 갈아 수면제로 털어 넣고
먼 길 에돌아 온 고단한 영혼
그대 냉혈의 심장 돌기 세워
상념 없는 낙원으로 돌아와
깃털처럼 가벼이 내 품에 잠드소서

화석이 된 등대

김홍님

엉겅퀴보다 더 거친 손마디
익모초보다 더 쓰디쓴 고초

섬에서 태어나
또다시 섬으로 시집살이를 온 건
한 여인의 숙명이었으리라

겨울 보리를 뜯어 된장을 풀고
바위에 달라붙은 바위옷을 긁어
가난을 연명했던 허기진 삶이
거칠게 숨을 몰아 내쉰다

섬의 오두막에서
단 한 발자국도 벗어나지 못한
바다를 지키던 침묵의 등대는
결국, 외딴 섬 화석이 되었다

해안가 버려진 낡은 목선 밑바닥
시퍼런 갈파래가 너덜너덜 흐느껴 춤을 춘다

푼크툼

김흥님

점차 예각으로 좁아진 기억으로 인해
망실벽이 있는 여자가 있다
유리잔을 튕기는 맑은 음파의 전율은
오래된 연인의 체온처럼 무뎌져가고
습관처럼 연신 궁싯거리는
그녀의 불온한 망상은 두루뭉술한 둔각이다

쇠스랑 볕이라도 간절했던 신혼시절
큰맘 먹고 장만했던 재산 목록 1호는 고급 카메라였다
그 후 몇 달을 할부고지서가 꼬리표를 달고
분수에 맞지 않는 사치라고 비웃었지만
소박한 개다리소반 밥상에도 아랑곳없이
제 밥값이라도 하려는 듯 기꺼이 명징한 증인이 되어 주었다

어둠 속 무의식에서 되살아난 빛바랜 시간
젊은 여인이 아이들 손을 잡고 환하게 웃고 있다
눈물 꽃, 푼크툼이다

이가 떨어져 나간 유물 한 점
한 가족의 역사를 고스란히 간직한 채
장롱 깊숙이 잠들어 있다

몽니

봄날 꽃잎 어루만지던
섬섬옥수 보드란 바람, 삭풍으로 돌변해
흰 상여꽃 피는 허허 벌판
나목들이 무죄로 끼우스름히 쓰러졌다
날카로운 가시는
밤마다 손톱만큼씩 자라나
가시덤불 속 날 선 비수를 품은
배반의 장미는 끝내,
가시나무 새의 죽음을 지켜볼 뿐

서슬 퍼런 낫의 단죄 지나가기를
납작 엎드린 파겁의 목이 곧은 짐승은
옹이 박힌 오랏줄에 얽매인 채
죄의 노예로 점차 타락해 갔다
갈등과 대립으로 뒤틀린 심사
곪아 터져야 상처는 아물기에
한 치의 관용마저 허용되지 않는
냉혈인간의 난도질 된 자아가
낭자한 핏물로 솟구쳐 오른다

숨길 수 없는 뿔따구니
독단적인 심술과 변덕으로
욕망의 늪에 허우적대다
한쪽 가슴을 도려낸 깊은 흉터의 골
폐부까지 스며드는 차가운 고독
애써 감추려 흰 분칠을 한 피에로의
완벽한 가면 속,
나는 언제나 철저히 혼자였다

기원[起原]으로 가는 길

길 위에 서 있습니다
이정표 없는 갈림길에서 시름하다
돌부리에 걸려 넘어진 자리는 옹이가 되고
사막 한가운데 되새김질로 버텨낸 낙타가
숨죽여 걸어 나온 발자국엔
삶의 흔적들이 우련하게 찍혔습니다

길 위의 무더기로 쌓인 신발들이
너덜거린 희망을 품은 채 한뎃잠을 자고
마음과 마음이 어깃장을 놓아
비껴갔던 자투리 인연들은
고독한 망명자의 그림자로 떠돌아
모래톱 위에 피어난 선인장은
너무도 창백한 낮달입니다

그 길 위에 서 있습니다
거룩한 처녀림에 하냥 돌개바람이 일어
비로소,
웅크리고 돌아앉았던 자드락길이 트이고
시간 위를 걸어 기원으로 돌아가는 길
생의 전리품들이 사금파리로 박힌 밤하늘
별똥별 하나 먼 길을 떠납니다

그림자

김흥님

빛이 내려앉은 오후
담장을 타고 마을 어귀를 기웃거리다
마루에 걸터앉았다가 슬며시 문지방을 넘어
안방의 은밀한 침실까지 들여다보고는
흔적 없이 빠져나간다

굴절된 빛을 통과한 왜곡된 몸짓은
피에로처럼 우스꽝스럽지만
진실은 오로지 마음으로 보는 법

꾸물거리던 하늘에 비라도 내리는 날이면
자아를 상실한 채 용천혈에 웅크리고 앉아
흑백의 얼개를 짜는 무형의 독백 소리

어슴푸레 음영으로 귀환하는 저녁,
명멸하는 모든 것에는 혼불이 깃들어있다

악의 꽃

김흥님

아담의 갈비뼈에서 빠져나온
여자는 도벽증이 있어
이방인을 곁눈질하는 사팔뜨기가 되었다

남의 둥지에 알을 낳는 파렴치한 뻐꾸기
자기가 낳지 않는 알을 품는 어리석은 자고새
질긴 악연의 고리는 숙명처럼 따라다닌다

성선설을 믿나요?
성악설을 믿나요?

걸음도 떼지 못한 아기가
화롯불에 달려들어 꺾은 꽃은
더 이상 피지 못할 고사리 손이 되었다
엄마, 내 손은 언제 다시 자라나요?

이승의 저울에 올라서면
잠시 갈피를 잡지 못하고 휘청거리는
바늘 끝 파르르한 눈동자
배꼽 밑 욕망이 꿈틀, 태동을 느낀다.

춘곤증

김홍님

눈꺼풀에 코끼리 한 마리가 올라앉았다
문고리에 쩍쩍 달라붙던
찌릿한 긴장이 풀린 탓일까
자꾸만 땅속으로 뭉텅 꺼지는 함몰이다
아니, 의식의 몰락이다

동공이 풀리고 맥박이 힘없이 널브러지는
내 의지는 단 한 방울도 희석되지 않았다
늦골 한 섬 청보리가 피는
춘궁기 고개를 넘어가는 춘곤이다

희끄무레한 수수께끼 같은 얼굴들이
알쏭달쏭 스무고개를 아스라이 넘어가고
몽상과 현실의 경계에서 잠꼬대가 나락으로 떨어져
게으른 선하품이 연신 기웃거린다

담쟁이 줄기를 꺾어 지렛대라도 받쳐야 하나?

배추흰나비 한 쌍이 정수리에 앉아
꽃잠에 드는 어느 봄날 나른한 오후

노근

김흥님

배꼽 위를 짓누른 물의 뼈마디에
고래 심줄 같은 힘줄이 툭, 불거졌다

햇빛이 심장을 관통했다
바람의 진언을 온몸으로 삼켰다
진눈깨비에 수천 개의 눈알을 씻겨 내렸다

젖 냄새 비릿한 실낱같은 뿌리들이 이슥한 그믐밤이면
호명되지 않는 강기슭에 널브러졌다
검은 눈동자가 뒤꿈치를 물어 아킬레스건을 노린 날
뼛속까지 녹아내린 단장의 고통,
뿌리째 흔들리는 노거수의 눈물을 보았다
한 맺힌 육자배기의 흐느끼는 울음을 새벽 잠결에 어렴풋 듣던 날은
창호지를 뚫고 들어오는 달빛 설움에 어린 맘에도 절로 눈물이 났다

어떤 이는 악령이라 하고
또 어떤 이는 정령이라고도 불리는
거대한 블랙홀 속으로 빨려 들어간
시간 여행자들은 다시 돌아오지 않는다

슬픈 눈매가 닮은 탁본 한 장, 수면 위 수묵화로 떠내려간다

80

박광현 시인

프로필
 - 서울 도봉구 거주
 - 2013년 12월 대한문학세계 신인문학상 시 부문 수상
 - 대한문인협회 서울인천지회 정회원
 - (사)창작문학예술인협의회 정회원
 - 2014~2015년 시화전 출품
 - 2015년 순우리말 글짓기 장려상 수상
 - 2015년 향토 문학상 수상
 - 대한창작문예대학 6기 졸업
 - 문예창작지도자 자격 취득
 - 대한창작문예대학 졸업 작품 경연대회 장려상

〈공저〉
 - 서울인천지회 "들꽃처럼2" 동인

굴레

여러 모습의 시계 속
작은 시곗바늘이
숫자판을 두 바퀴 돌면
길고도 짧은 하루가 지난다

작은 소리를 내며 돌고 있는 시곗바늘은
하루 종일 제자리걸음
시곗바늘이 가리키는 시간에 쫓기는
우리만 바쁜 하루를 보내고

시계 속 시곗바늘의 지시에 따라
한마디 불평 없이 일어나 움직이고
마치 시계에 구속돼 있는 것처럼
굴레를 벗어나지 못하는 우리들

나의 기도

박광현

빛이 바랜 오래된 사진첩을 들여다보니
퀭하니 들어간 눈. 쑥 뛰어나온 광대뼈
꾀죄죄한 옷을 입은 볼품 없이 깡마른 모습
지금의 내가 아닌 나를 들여다본다

너 나 할 것 없이 그때는 그랬다
하루 세끼 걱정하며 어렵게 지내던 시절
부끄럽다는 생각 없이 웃음살 건네며
위아래 옆집 모두 어울렁 더울렁 살았었다

가진 자는 군림하고 없는 자는 기죽는
냉혹한 현실을 바라보며
서로 보듬고 사랑하는 여유로운 삶을 그리며
나는 오늘도 두 손 모아 기도 한다

거울 속 나

박광현

나는 매일 아침 거울 앞에서
입을 크게 벌려 웃어도 보고
찡그린 표정으로 웃어 보며
거울 속 나와 마주 선다

눈 깜짝할 사이 흐른 세월에
주름이 깊게 팬 모습의 내가
거울 속에서 나를 바라보고 있다

언제나 청춘일 거라 생각했는데
거울 속 나는 어느새
반백(班白)의 모습으로
거울 밖의 나를 웃음으로 맞이한다

연출

박광현

작은 렌즈를 들여다보며
웃고 찡그리기도 하면서
대본 없는 드라마를 찍는다
그러다 마음에 들지 않으면
지우고 다시 셔터를 누른다

많이 찍어본 듯
자연스러운 몸짓으로 연출해가며
행복한 순간을 담으려
주위의 시선은 아랑곳하지 않고
셔터를 연신 누른다

나도 있어요

박광현

인적 드문 길 가
봐 주는 이도 없는데
이름 모를 들풀이
예쁘게 꽃을 피웠네요

곱고 화사한 것만 찾는
사람들 때문에
이름 없는 들풀은
들여다 봐 주는 이 없네요

바람 심술에 가지 흔들리며
어렵게 피운 꽃인데
그 정성 몰라주니
얼마나 원망스러울까요

오늘은 길가 한편에서
"나 여기 있어요" 하듯이
벙글어져 활짝 웃고 있는
들꽃 향기에 흠뻑 취해 보세요

복권(福券)

박광현

월요일 퇴근길
"1등 당첨만 7번 된 곳"이라고
현수막이 걸려있는 복권방에서
한 장의 행복을 산다

지금 사는 집보다 넓은 집으로
낡은 차는 새 차로 바꾸는 상상을
토요일 추첨이 끝나기 전까지
행복의 꿈을 꾼다

주말 오후 추첨이 끝나면
일주일 동안 애지중지하던 지갑 속에
내 꿈은 실망만 안겨준 애물단지가 되어
흉한 모습으로 구겨져 쓰레기통으로 처박힌다

그러나
월요일 퇴근길 내 발걸음은
다시 행복을 사러 그곳을 찾아
"자동으로 한 장 주세요" 하겠지

아버지의 라디오

박광현

나 어릴 적 병약하셨던 아버지 머리맡에는
어른 손바닥보다 조금 큰 라디오가 항상 놓여 있었다

지금처럼 다양한 프로그램도 없었던 시절(時節)
남녀 성우 몇 명이 대본대로 웃고 울며
방송하던 연속극을 들으시면서 행복해하셨던 아버지

온종일 누워계신 아버지를 미소 짓게 해주었던 라디오
오죽했으면 유언을
사후(死後)에 당신과 함께 묻어달라 하셨을까

아버지와 명(命)을 함께한 라디오
지금도
저 세상에서 아버님과 벗하며 지내고 있겠지!

퇴근길

박광현

지친 몸으로 퇴근길 발걸음을 옮깁니다
사방은 캄캄한데 환한 달빛이
나보다 키가 큰 그림자를 만들어
뒤를 따라오게 합니다
혼자 걸어가는 게 안쓰러웠나 봅니다

도로 옆 키 큰 가로등이 고개를 숙이고
내가 가려는 길을 밝히고 있네요
무거운 발걸음 옮기다 넘어지면
어쩌나 걱정이 되나 봅니다

하늘 저쪽에 북두칠성이
반짝이고 있네요
가려는 길 잃으면 힘들까 봐
길 안내하려 반짝이고 있나 봅니다

주위에 있는 많은 것들이
늘 함께 해주니
나는 무척 행복한 사람 맞죠

추억만 있네

박광현

또래 친구들과 발가벗고
물장구치며 놀던 개울
개구리 잡으려 뛰던 논 둑길
하늘을 떠다니는 뭉게구름 잡으려
오르던 동네 뒷동산

초가지붕 동수네
수철이네는 기와집이었지
그 곳이 나 어릴 적 고향이다
하지만
재개발과 함께 사라진 고향(故鄕)

볼품없이 키만 큰
회색 아파트 단지로 변해버린 고향(故鄕)
예전 행복했던 곳 찾을 길 없어
허전한 마음 달래볼까
눈 감고 그 시절(時節) 생각해 보네

아내를 보며

박광현

깊은 밤
피곤함에 지쳐 코까지 골며 자는
아내의 얼굴을 물끄러미 바라봅니다

새색시였을 땐 참 예뻤었는데
어느새 아내 얼굴에
많은 주름이 패여져 있네요

힘들게 살아온 삶
그 흔적을 지워줄 수 없는
무능함 때문에 안타까움만 더 합니다

박정근 시인

프로필
 - 시인, 수필가
 - 경북 문경시 거주
 - 라이팅 디렉터
 - J라이팅 대표
 - 공방 사랑인 대표
 - (사)창작문학예술인협의회 행정국장
 - 대한문인협회 대구경북지회 사무국장
 - 대한창작문예대학 6기 졸업
 - 문예창작지도자 자격 취득

〈수상〉
 - 2015년 순 우리말 글짓기 은상
 - 2015년 올해의 시인상 수상
 - 2016 명인명시 특선시인선 선정
 - 대한창작문예대학 졸업 작품 경연대회 장려상

아버지의 의자

박정근

겨울바람이 사납게 불던 날
장승처럼 창가를 서성이던
당신의 낡은 나무의자가
창백한 낯빛으로 내게 다가옵니다

바쁘다는 이유를 만들고
피곤하다는 핑계를 만들며
짐짓 모른 체했었던 당신의 외로움이
휘파람 같은 바람 소리를 냅니다

당신은 언제나 그 자리에
영원히 계실 거라고 믿었고
당신은 언제나 그 자리에서
나를 기다려 줄 거라 믿었습니다

바보 같은 욕심과 이기심은
당신의 그림자였을 외로움과
구멍 난 가슴을 이제야 볼 수 있지만
당신은 떠나고 후회만 덩그러니 남았습니다.

시계 소리

박정근

굴뚝마다 아침밥 짓는 연기
지붕 위로 모락모락 피어오르면
가쁜 숨 몰아쉬며 달려오던 열차는
목청껏 기적을 울려 새벽을 깨웠다

타닥타닥 장작불 지피는 소리
스르릉 가마솥 여는 소리
외양간 송아지 음매 음매 우는 소리는
새벽잠 깨워주는 자명종 같았다.

출근길 서두르는 간이역으로
통근열차는 숨 가쁘게 달려가고
어머니 부지깽이 두드려대는 건
첫 버스 놓칠까 봐 채근하는 소리였다

통근열차 노곤하게 고갯길 넘는 건
어둑어둑 하루해 저무는 소리였고
부엉부엉 부엉이 밤늦도록 우는 건
고단한 몸 도닥이는 자장가 소리였다.

보릿고개

박정근

풍년이 온다고 소쩍새 그리 울었어도
봄마다 밑천 드러난 쌀 단지는
바닥 긁어대는 소리만 수북이 쌓여가고

배불뚝이 달님이 감나무에 걸린 밤
살금살금 까치발로 시렁을 뒤져봐도
쑥버무리 소쿠리는 텅 비워진 지 오래다

일거리 찾아 도회지로 떠난 빈집에서
시도 때도 없이 울어대는 암탉 소리는
발칙한 상상으로 헛배만 잔뜩 불려놓고

찰기 없는 꽁보리 아침밥 한 공기는
밥 배 꺼진다고 뛰지 말라는 할머니 핀잔에
온종일 꼬르륵꼬르륵 말대꾸를 해댔다.

거미줄

박정근

세상은 온통 거미줄투성이다
골목 전봇대에 쳐 놓은 거미줄에
304호 자린고비 김 씨 아저씨는
쓰레기를 몰래 버리다 걸려들었고

텔레비전에 나오던 어느 배우는
강변 차 안에서 사랑놀이를 하다가
교묘하게 숨겨놓은 기자의 거미줄에
모자를 푹 눌러쓴 채 걸려들었다

출장길 급하게 달려가던 사내는
길가 나무 뒤에 숨긴 거미줄에 걸려
육만 원의 경찰 스티커를 받아들고
씩씩거리며 억울한 얼굴로 풀려났고

박 사장에게 욕먹은 김 과장은
술김에 남의 차에 화풀이하다가
차 안에 쳐 놓은 검은 거미줄에 걸려들어
파출소에 잡혀가 망신을 당했다.

노을

박정근

누군들 가슴속에
저렇게 뜨거운 불덩이 하나
품고 살지 않았을까마는
덜컹덜컹 내려앉는 노을을 마주할 때면
가슴을 파고드는 허무를 만난다

욕심껏 짊어졌던 삶의 희망과
석양에 드리워진 삶의 그림자와
꿈을 향해 내달리던 뜨거운 열정마저도
언젠가는 서산에 지는 서러운 노을처럼
쓸쓸히 저물고 말 거라는 두려움은

땅거미 진 들녘에 외로이 서서
한 줄기 바람에도 휘청거리는
힘 빠진 사내의 쓸쓸한 눈동자와
떡 진 머리 쓸어 올리는 손가락 사이에도
붉은 노을이 꽃잎처럼 지고 있기 때문이다.

일기(日記)

박정근

넘어지고 또 넘어지던 시간 속
습관처럼 써 내려 간 낡은 일기장에는
지나온 내 젊은 날의 흔적들이
깨알 같은 넋두리로 가득 차 있다

내일을 위해 저당 잡힌 오늘은
늘 알 수 없는 조바심에 서성거렸고
목구멍까지 기어오르던 갈증에
독한 술을 찾아 밤거리를 헤매다녔다.

누구나 그렇게 힘들고 외롭다는 걸
모든 것은 다 지나갈 일이라는 걸
지금처럼 그때도 알 수 있었더라면
더 많은 꿈을 향해 용기 내 달렸을 것이다

인생은 연습이 없는 치열한 시합이었고
일등에만 손뼉 치며 환호를 보내지만
내 젊은 날 끝없는 갈증과 번뇌의 시간은
촘촘한 나이테로 남은 아름다운 흔적이었다.

실향 (失鄕)

박정근

바쁜 도시를 향해 달려가던 통근열차가
숨 가쁜 기적을 울리며 아침을 여는 철길 아래
옹기종기 자리 잡은 정겨웠던 내 고향은
이제는 탐욕스런 도시가 앗아가 버린
추억 속에만 남아있는 가슴 시린 풍경화다

동네 어귀 양지바른 돌담길 밑에서는
까까머리 동무들이 모여들어 구슬치기하고
거울처럼 얼어붙은 신작로 옆 논배미에서는
차가운 겨울바람에 꽁꽁 언 손 호호 불며
하루해가 다 저물어 가도록 썰매를 탔다

저녁밥 짓는 연기가 모락모락 피어오를 때
빨리 돌아와 밥 먹으라는 어머니 지청구에
동무들이 하나둘 집으로 돌아가는 시간이면
어둑어둑 까만 밤이 내려앉는 지붕 위로
파란 샛별 하나가 어둠 사이로 새초롬히 떠올랐다

어느 날 문득 고향이 그리워지는 날이면
자석에 이끌리듯 찾아가 기억을 더듬거려 보지만
낯선 건물들만 장승처럼 데면데면 서성거리고
쓸쓸히 돌아서는 발길에 차이는 그리움 한 덩이가
자꾸만 울컥거리다 명치끝에 턱 걸려버렸다.

부음(訃音)

박정근

새벽안개가 장막처럼 드리웠던 그 날
까닭 모를 불안이 창가를 서성일 때
적막을 깨트리고 울어대던 전화기를 지나
세상을 등진 친구의 부음이 들려왔다

예고 없이 황망하게 찾아온 이별은
술잔에 넘실거리는 침묵만을 홀짝거리다
국화꽃에 둘러싸여 쓸쓸히 미소 짓는
망자의 영정사진 앞에 털푸덕 주저앉아
하나둘 허물어져 통곡하고 말았다

사랑했던 모든 것을 고스란히 남겨두고
한 줄기 하얀 연기가 되어 스러지던 모습은
아직 못다 이룬 삶의 미련과 애통한 절규로
시린 바람 되어 만장처럼 나부끼고 있었다

내 의지와는 아무런 상관없이
한 줌의 먼지처럼 사라져 갈 인생은
우리가 그토록 갈망했던 삶이 아니었는데
쓸쓸한 모습으로 떠나고 남겨져야 하는
허무로 가득한 가슴에 바람이 또 불어온다.

가면(假面)

처음 맞선을 보러 가는 숫총각처럼
거울에 붙어 몇 번씩 넥타이를 고쳐 매고
입꼬리 들어 올려 억지웃음 지어보다가
거래처 사무실로 다소곳하게 들어선다

탐욕스럽게 번들거리는 눈빛 앞에 엎드려
마음이 없는 너스레로 맞장구를 치다
눈치 없이 삐죽거리는 자존심을 슬쩍 잡아채
바지 뒷주머니 깊숙한 곳에 쑤셔 넣는다

젖은 솜뭉치처럼 질퍼덕거렸던 하루는
검은 아스팔트 위에 욕지거리를 토해내고
휴지처럼 구겨진 가면은 비명을 지르다가
황색 점멸등 위에서 위태롭게 펄럭거린다

길고 길었던 연극 같은 하루가 끝나면
바지 뒷주머니에 쑤셔 넣은 자존심을 꺼내
아무 일 없었다는 듯 심장에 집어넣고
하회탈 같은 미소 지으며 집으로 간다.

봄밤이 깊어 갈 때

박정근

봄밤이 깊어 갈 때
뽀얗게 떠오르는 달님은
박하 분 냄새 향기로운
우리 엄마 고운 얼굴을 닮았고

살랑살랑 부는 밤바람은
배앓이 심하게 하던 밤
엄마 손은 약손 엄마 손은 약손
아픈 배 만져주던 우리 엄마 손맛을 닮았다

봄밤이 깊어 갈 때
뻐꾸기 구슬피 우는 소리는
서울로 간 순옥이 아줌마
구성지게 부르던 유행가 닮았고

소쩍새 밤새워 울던 소리는
서울 간 첫사랑 그리운 밤이면
당산나무 밑을 쓸쓸히 서성이던
아랫마을 칠성 아재 휘파람 소리 닮았다.

서미영 <small>시인</small>

프로필
 - 1968 전남 고흥 출생
 - 하늘텔레콤 대표
 - 대한문학세계 시 부문 등단
 - 대한문인협회 경기지회 정회원
 - (사)창작문학예술인협의회 정회원
 - 문학愛작가협회 정회원
 - 시와 늪 정회원
 - 대한창작문예대학 6기 졸업
 - 문예창작지도자 자격 취득
〈수상〉
 - 대한창작문예대학 졸업 작품 경연대회 금상
 - 2015년 순우리말 전국 글짓기 대회 동상 수상
                   ((사)창작문학예술인협의회)
 - 2015년 한국문학 향토발전상 수상 (대한문인협회)
 - 2016년 1월 1주 금주의 詩 선정 대한문인협회
                   "초록이 부르는 봄의 소나타"
〈공저〉
 - 2016 명인명시 특선시인선

매듭

서미영

바늘귀에 바람을 억지로 꿰어 놓고서
톡톡 붉어져 상처뿐인 그대 그리운 날에
짧은 인연의 실을 잡아당기고 내려서
여린 꽃잎 같은 그대 사랑을 꿰매보았다

바람이 부서져 누운 자리에 채워진 사랑이
끝내 마디 끝에 엉켜 풀어지지 않더니만
더 이상 다가서면 그리움조차 품지 못할 것 같아
그대 눈물을 훔쳐내듯이 매듭을 짓고 만다

채우지 못한 저 한쪽 세상을 마주 보고
그리움만 까맣게 태운 그 사랑을 어찌 잊을까
야무지게 누르고 풀어지지 않게 동여맨
그 둥그렇게 말아진 매듭이 내 가슴을 누른다

그대 숨결 같은 벚꽃이 터져 눈처럼 날리던 날
매듭을 밟고 엎어져 내 그림자 끝자락에 번진
별빛이 녹아 푸른 호수 위에 일렁이다 가라앉듯
끝도 없이 번지더니 그리움은 새로 집을 지었다

엄마와 나의 시계

큰딸은 추운 겨울 얼어버린 수도를 녹이고
연탄아궁이에 열 식구 밥을 씻어 올렸다
갈색 나무틀 안에 뿌연 유리문을 뚫고서
아련한 꿈처럼 금빛 추를 흔들고 째각이던
엄마와 나의 시계 하나가 벽에 걸려있었다

일하러 나간 엄마를 대신했던 큰딸에겐
큰 대야를 가득 채운 빨래가 고달픔이었다
엄마는 생일날에 계란을 한판 삶아 주셨다
따뜻했던 계란 껍질을 벗겨 먹던 그날은
참 많은 날들이 슬프다가도 웃음을 짓게 한다

나무 도마에 숭어를 숭숭 썰어 내시던 엄마는
아빠 옆에 나를 앉히고 열심히도 먹이셨다
새집을 짓고서 십 분씩 느리게 가던 시계를 버리고
커다란 벽시계를 현관 입구에 턱 걸었었는데
그것이 옆집 새엄마처럼 무척이나 낯설었다

막내를 큰 산처럼 품은 엄마 앞에 주저앉아 울었다
동생을 여섯이나 낳았다고 엄마를 미워했지만
어린 큰딸은 밥을 줘야 시계가 되던 벽시계처럼
작은 가슴속에 늘어진 태엽을 끝까지 돌려놓고
같이 바라보는 엄마와 나의 시계를 꿈꿨을 것이다

105

달빛을 품었어라

서미영

친구 집은 천정에 유리 한 장을 붙여
조각난 햇볕을 구걸하고 살았다
그날도 창문 없는 방에는
일찍 어둠이 들어서 있었다
문지방에 팔을 기대고 앉아
수제비 반죽을 떠내던 친구가
차라리 슬퍼 보였더라면 했다
작은방에 여섯 식구가 들어앉아
모자랄 것 같은 수제비를
내 몫으로 한 그릇 건네줄 때는
천정 유리를 들추고 가라앉은
손바닥만 한 햇볕이 대접 안에 같이 담겼다

시부모 모시고 친정부모도 모시고
친구는 아들을 둘 낳고 잘 산단다
참 억지 같은 세상살이가 아닐는지
양푼에 쓱쓱 비벼 달게 먹던 비빔밥으로
여린 열아홉 살 가슴이 채워졌을라나
떡볶이 한 접시에 소주 한 병을 같이 마신다던
길 가다 만난 친구에게 허물없이 욕을 덧댔을 땐
내겐 욕을 섞지 않아 친구가 서운도 했다
친구는 굳이 가난을 말하지 않았던 거 같다
하루를 살고 나면 보태지는 가난이 제 것인 양
억지로 내려앉던 구겨진 달빛조차
친구는 가슴으로 품었었나 보다

내 그리운 봄날

서미영

리어카에 꽃그림 풍경을 세우고
그림 꽃조차 필 것 같았던 햇살 고운 날
골목길에 작은 사진관이 차려졌다

바람에 흔들리던 색동저고리가
손님을 기다리다 제 흥에 겨워 춤을 추고
돌 지난 아들 돌 사진을 찍어주려고
머리를 빗어 넘겨주던 아기 엄마는
고 잘생긴 눈동자 속에 만 가지 복을 넣었다

오늘이 빛바래가는 것이라 할 수 있을까
낡은 스피커에서 흘러나오던 노랫소리는
분명 사랑이었고 또 희망을 부르고 있었다

놀러나간 둘째 동생을 빼놓고 찍었던 사진
단발머리에 한복 치마를 돌려 잡고 서 있던
그날 카메라가 삼켰다 뱉어낸 내 추억한 장
사진사 옆에서 웃고 서 있던 엄마의 입술 같은
빨갛게 그려진 꽃잎을 바람이 흔들고 있었다

네 눈동자 속에 꽃이 피거든

서미영

씻어놓은지 오래된 그릇을 꺼내어
새로 씻어놓고 싶어지는 그런 날
봄 햇살을 한 조각 잡아당겨 가슴에 품는다

누군가 불러 세우는 소리에
돌아보면 또 바람만 귓가에 걸리는 날
바람의 어깨를 끌어안고 긴 숨을 고른다

오랜 기다림을 끝내는 그 아침이 찾아오면
차 한 잔을 들고 맨발로 마당을 서성이고 싶고
하얀 목련을 앞 마당에 심어놓고 봄을 기다리고 싶다

꽃향기를 두르고 온몸을 태우다 사라지는
아침이슬이 스러지듯이 그렇게 나도 떠나야겠지
내 아이의 검은 눈동자 속에 꽃 하나 심어놓고 가고 싶다

천년의 고향

서미영

옥수숫대 엮어 고구마 쟁여두고
소여물 삶는 솥단지가 아침밥보다
먼저 끓곤 하던 내 기억 속에 고향 집

맨발로 감나무를 타던 옆집 계집아이가
까치걸음으로 주홍 감을 똑똑 따고 있는
옛 추억들이 잘 싸매놓은 보자기 속 같다

마당에 그을린 가마솥은 가난을 삶아내고
할머니 담뱃대는 시름을 삼키느라 껌뻑이고
막걸릿잔을 드신 할아버지는 눈빛도 취해있다

허물어져 밭이 된 고향 집터 위에
마중물 삼키던 물때 낀 펌프는 꼬리를 묻고
나 잘되라고 지성들이던 할머니만 서성이신다

당신을 기쁨처럼 안게 하소서

서미영

한 몸 달리기하듯
내 발에다 당신 발을 묶어보소
두 손을 잡고 뒤뚱거리면서
온 정신을 두 발 위에 쓸어다 놓고
한발 한발 같이 걸어가 보소

젊은 날엔 꽃이 피는 언덕을 넘듯
폴짝폴짝 박자도 좋게 넘어가겠지만
멀쩡한 하늘에서 갑자기 내리는 소낙비처럼
등 돌리고 서서 애를 태우는 날이면
그때는 당신이 내 어깨를 가만히 안아주소

무거운 짐을 나누어진 가족이 되고
아이들을 품에 안고 행복을 얻었잖소
당신이 어느 날 세상의 옷을 벗어버리고
내 발을 툭 풀어놓고 떠나가는 그날이 올 때도
내가 마지막까지 당신을 기쁨처럼 안게 하소서

살아가는 동안에

서미영

어느 순간부터 나는 내 영혼을
길 한가운데 툭 버려둘 때가 있다
그날은 애써 돌아보지 않으려고
고통의 십자가 하나를 또 만들어
짐처럼 어깨에 둘러메 주고 돌아서 온다

봄빛을 끌어안고 여름 장맛비에 젖어
엉겨 붙은 심장에서 뿌리가 자라나
햇볕에 그을린 십자가 위에 꽃이 핀다면
살아가는 동안 거짓과 위선을 먹어치운
내 존재도 용서받을 수가 있을 것인가

어둠이 내린 들녘에 깊숙이 가라앉은
달빛을 삼키고 봄을 잉태한 마리아도
십자가 끝을 붙잡고 내 영혼을 따라 걷는다
반쯤 쪼개진 달그림자를 밟고 넘어설 때마다
발가락 끝에 눈물처럼 바람이 젖어 눕는다

사는 것이 꿈일는지

서미영

도시에서는 밤마다
술꾼들이 하얀 기침을 한다
취할수록 더 외로워지는 세상
알면서도 한 번 더 술잔을 든다
엘이디 등(燈)으로 덮어놓은 밤하늘
진통제 먹은 얼굴을 한 어둠 속에서
오늘도 가게 앞 신호등은
빨간 이빨을 갈며 숫자를 세고 있다

뒤집어라 세상을 한 장 뒤집어라
빌딩 옥상을 비추는 달빛이
방수 페인트에 물들어 초록빛이 되고
세상 사람들의 걱정 소리는
엘리베이터 승강기 사이로 빠졌다

내 스스로 가둬야 했던 청춘
다리와 허리에 철심을 박고
질긴 한세상 살다 보면 알겠지
이승이 좋아라 노래도 불러 볼 텐가
세상 사는 게 자식들 얼굴을 보면
가래떡에 조청 찍어 먹는 시절인지라
다 털어 버리고 가고 싶다가도
몇 날 더 나를 붙들고 꿈을 꾸고 싶더라

모든 것이 그리움이겠지

서미영

굳어가는 다리를 끌고 사는 앞집 노인처럼
폐지를 주워 가난한 마음을 덮고 살아가듯
생각을 놓아도 습관처럼 집을 나서게 될 것이다

여름 장마에 까맣게 타버리는 하트 아이비처럼
사랑하여도 보듬을 수 없던 그대를 기억하고 싶어
가슴을 긁어내어 흔적을 만들고 싶었을 것이다

눈부신 사월의 햇살을 덮어놓으면 꽃이 필 것인가
파란 하늘에 젖어서 얼룩이 지면 버릴 수 있을까
멀쩡한 정신으로 살아가기 힘든 세상인 것이다

다 잊었다 던져 놓아도 명찰을 달아 놓았던 것일까
또박또박 그대 이름이 새겨진 하얀 그리움들이
오늘은 저 하늘에 구름처럼 한 덩어리씩 묶어져 있다

서복길 시인

프로필
 – 서울 출생
 – 경기 양주시 거주
 – 대한문학세계 시 부문 등단
 – (사)창작문학예술인협의회 윤리위원장
 – 대한문인협회 정회원
 – 양주 예총문인협회 정회원
 – 대한창작문예대학 6기 졸업
 – 문예창작지도자 자격 취득

〈수상〉
 – 2012년 5월, 2013년 2월 / 금주의 시
 – 2012년 10월 / 이달의 시인 선정
 – 2012년 12월 / 한국 문학 향토문학상 수상
 – 2013년 12월 / 올해의 작가상 수상
 – 2014년 6월 /한 줄 시 전국 공모전 은상 수상
 – 2014년 12월 / 베스트셀러 작가상 수상
 – 명인명시를 찾아서 아트TV 인터뷰 방송 출현
 – 대한창작문예대학 졸업 작품 경연대회 금상

〈개인 저서〉
 – 시집 "그대, 왜냐고 묻거든" 출간

내 가슴 여백 속에

서복길

봄기운 생동하는 계절을 맞으니
잠자던 생명 들이 움트며
바쁘게 숨 고르기 시작하고 있다

대지 위에 햇빛 드리우니
천지가 요동치며 만물이 소생하듯
긴 겨울 고뇌 속에 공허한 가슴에도
따스한 봄의 생기로 가득 채우리라

매서운 꽃샘추위 속에서도
홍매화 동백꽃의 화려함의 자태
봉긋이 물오르는 연푸른 가지들은

바람에 몸 꼬이며 손짓해대니
임 소식 전하는 봄날의 유희려니
봄맞이 행진의 운치를 즐기면서
이 가슴 여백 속에 기꺼이 품으리라.

바랜 기억 속으로의 여행

서복길

어쩌다 아주, 까마득히 먼 기억
몰래 꺼내어 볼 수 있는
태엽이 풀려버린 사랑 하나
서랍 속 잠자는 추억을 꺼내본다

봄에서 여름으로 흐르던 날
반가운 사람들과의 만남
눈부신 봄 햇살을 가득 담아
내 손에 쥐여 준 손목시계가
사랑의 빌미가 되었다는 것을

지금은 사라진 초침소리
혼자 몰래 했던 쓸쓸한 사랑
애타던 가슴앓이
그대는 모르셨겠지만,

바랜 기억이 피어날 때면
수줍고 부끄러웠던 내 생의 한 장이
그렇게 짧은 봄을 타고
여름으로 넘어가고 있듯이
오래전 먼 기억을 더듬는 손.

나를 돌아보며

서복길

살아오면서 움켜쥐며 살아온 인생
무엇을 위해, 누구를 위해
아등바등했을까

누구나 똑같이 하루 세끼 밥에
옷 한 벌이면 넉넉하고
눈 뜨면 아침이요 눈 감으면 밤인 것을

빈손으로 태어나 빈손으로 가는 인생
잠시 있다가 사라지는 안개 같은 것
어느새 되짚어 보니 처연해지는 마음

그러나 내 가진 게 무엇이더냐
나이만 먹어 쓸데없는 고집덩어리
잘난 것 없이 우쭐대는 푼수뎅이가 아닐까

그래, 쥐었던 손을 펴고 나를 들여다보자
욕심으로 채웠던 마음도 비우자
훌훌 털어 다시 빈털터리가 되자

이제 새삼 나를 돌아보니
여태 살아오면서 허덕이기만 한 난,
소리 요란한 텅 빈 수레였네

흰 목련을 바라보며

서복길

앙상한 가지에 순백의 목련
하얗게 부서진 먼 기억처럼
맥없이 스러진 고독한 영혼

세월의 올 깁던 손의 기억
말이 없는 떨림으로
반쯤 감긴 눈 속에
피고 지는 꽃잎의 외로움이다

얽히고설켜 살아온 지난날
가족의 따뜻한 보금자리 속에
살아온 나의 색(色)이 좋다

봄 햇살에 이는 현기증도
철 바뀔 때마다 앓는 몸살도
이겨내며, 사는 동안에
삶을 즐기며 가슴으로 사랑하리라

무궁화

제철을 맞이한 색색의 향연
저마다 탄성을 자아내어도
렌즈에 비친 화사한 모습은
바람에 날리는 낙화일진대

제아무리 각양각색의 모습으로
눈과 마음을 붙잡는다 해도
우리의 가슴에 영원히 새겨진
이 땅의 주인인 무궁화만 할까

삼천리 팔도강산 깃든 혼은
너와 나, 우리의 자존심
곧 위엄있는 자태로 피어날
나라님의 행차를 기다리면서

묵묵히 견뎌온 무궁화여!
이 나라 이 겨레의 위상 되어
한반도에 피어나는 날
가슴에 담으려 준비 중입니다.

사노라면

서복길

꽃피는 봄날엔 설레는 가슴으로
저 하늘 가득 꿈으로 채웠었네
푸른 젊음이 힘이 되던 시절은
세상을 향해 자신만만했었는데

인생을 알아가는 중년이 되고 보니
온천지가 수채화로 물들어 가고
이제 낙엽 지는 날이 되면
어떤 모습으로 살아가고 있을까

살아온 날을 뒤돌아보는 시간이 되면
마음의 여유로 미소 짓지 않을까
그러다 지난날의 흔적 더듬으면서
아쉬움에 눈물 한줄기 흘리기도 하겠지.

아버지의 섬

서복길

공허한 가슴 뒤로 맺힌 눈물
어두운 길가에 웅크린 그리움
이산 상봉의 한 가닥 꿈에
옹 가슴만 여미다 가신 임이여

칼바람 속에 피붙이와 생이별
기억 저편에 한으로 남아
임진 강가에서 세월을 못 박으며
꿈의 나룻배를 만드셨다

오랜 세월 그리움에 사무친 날
밤마다 힘겹게 노를 저어봐도
희미해진 안갯속 미로에서는
그 자리만 맴돌다 돌아오는 새벽길

세월의 강물은 쉼 없이 흐르고
어느 여름 안개 걷힌 날
염원의 섬으로 노 저어 가시더니
아버지는 영영 돌아오지 않으셨다.

스마트 폰

서복길

너는 우리와 동고동락하며
기상나팔을 선두로
일과를 관리해주는 매니저

눈뜨면 전해지는
세상 소식과 사람들과의 소통도
손쉬운 연결의 수단 줄로써

인터넷 기능에 지식 겸비해
아는 길도 물어가는
손안의 만능 백과사전 되었고

또한 다양한 정보시장으로
여행, 먹거리 등 기쁨 주니
스마트 폰. 너는 매력 덩어리

우리에게 필요한 도구를 넘어
소울 메이트로 자리매김했으니
이젠 끝까지 나와 동행하자.

어미 마음

아파트 현관 입구 모퉁이에 앉아
오가는 사람 사이로 가는 눈길은
기다림과 그리움이 기웃거림이다

새끼들은 장성하여 제 길로 갔어도
먹고 살기 바쁜 세상살이 핑계로
가끔 걸려오는 안부 전화도 반갑고
어린 손주 목소리만 들어도 눈물겹다

어미 마음은 항상 열린 빗장이건만
길에서 뛰노는 아이들 바라보며
만지작거리는 쌈지 속이 궁금하다

한참을 앉았다 일어나 툭툭 먼지 털며
뒷짐 지고 돌아서는 쓸쓸한 그림자
낯선 인기척에 발길 멈추고 돌아보다
괜히 하늘 바라보며 내뱉는 헛기침소리.

문예대학

서복길

여기에 모인 우리
모두 같은 마음이어라

주어진 과제마다 갈고 닦은 솜씨
한 꺼풀씩 허물을 벗으며
더 높이, 더 멀리 날기 위한 날갯짓이어라.

또한, 각종 씨앗을 심으며
정성으로 일군 텃밭이어라

물과 거름도 주며 잘 자라길 기도하며
알알이 영그는 과실처럼
풍성한 수확의 열매를 바라봄이어라.

문예대학 동기생들이여!

가슴에 지핀 결실의 빛이
어디서나 밝게 빛나기를 소원함이어라.

손정희 시인

프로필
 – 부산 거주
 – 대한문학세계 시 부문 등단
 – (사)창작문학예술인협의회 정회원
 – 대한문인협회 부산경남지회 정회원
 – 대한창작문예대학 6기 졸업
 – 문예창작지도자 자격 취득

울림

손정희

하얀 밤
흑심을 품은 익숙한 손놀림으로
늘 숨이 차는 한 줄,
호흡 없이 달구어지는 양은 냄비처럼
망설임과 열망들로 달그락거리는 시간
종이 위로 향기로운 별들이
콕 콕 쏟아져 내린다
밤은 눈동자를 쉼 없이 깜빡이며
풀지 못한 우주의 언어들로
까만 눈물들이 울어대고
토해내지 못한 배경 없는 감정
눈을 감고 자꾸 밟아 본다
눈빛으로만 끓는 아름다움이 아닌
먼 종소리 되어
빛처럼 울려 퍼지기를
참 간절한 밤, 눈물로 창을 낸다

똑딱

손정희

한 번도 닦지 않은 폐교의 유리창처럼
팽팽한 밤은 다가와,
또 다른 하루로 등줄기는 두꺼워져
멀미로 채워진다
똑딱
바람도 잠든 지루한 밤
열한 시
잰 듯한 걸음걸음, 반질거리는 고통에도,
한 점의 숨소리로 지금을 살고 있다
얽히고설킨 세상사
천방지축 흔들릴 만도 한데
온종일 인생을 무지개 그리듯,
겨울 창가 흩날리는 흰 눈의 눈물 같은 이야기
바람과 별이 소곤대는 초롱초롱한 이야기
달빛의 농염한 눈빛에도
시곗바늘은 곧은 소리로 새벽을 향해 달리고 있다

자화상

손정희

돌아보지 않으려고
둘러 걸어도
키보다 긴 그림자가 먼저 앞선다
어디쯤인지 쉼 없는 호흡에도,
꼭 다문 석고상의 입처럼
웃었던가, 울었던가
짓궂게 왔다 가는 바람에 슬픔에 찬 얼굴
밥 냄새보다 책 냄새가 더 구수하다며
이른 새벽
어제보다 더 노릇노릇한 누룽지를 만든다
그칠 줄 모르는 빗소리에 밤새워
사연 많은 음악에 취하고
눈 내리면 떨리는 가슴으로
얼어붙은 바닷가 첫사랑을 더듬는다
진한 커피향 같은 불혹의 나이
아직 끓고 있는 낮과 밤을 오가며
가을빛 이야기들을 풀어낸다

봄을 찍다

손정희

길 줄만 알았던 마흔의 문턱
십 년만 되돌릴 수 있다면
잠깐이었든 초록잎 같은 청춘
쉰 살의 언덕을 넘으면 가벼워질까

움켜쥔 것도 움켜쥘 것도 없이
두 손을 허공에 놓을 수 있을는지

깜빡 졸다가 눈뜬 이른 새벽
눈치 없이 돌아가는 소리
시곗바늘은 어디 가려고 하는지
찰나마다 제 발자국을 찍어 될까

등 뒤로 떨어지는 사월에 기댄다
찰칵찰칵

향기로 쓰고 싶은 날

손정희

한 구절 한 구절이 내게로 왔다
한때의 사랑을 못 잊는 까닭도 아닌데
흔들릴 때마다
더 뜨겁게 끌어안는다

흘러가 버린 구름은 흔적 없고
비바람이 울고 그친 그 자리
살랑거리는 무지갯빛이 찬란하다

자꾸만 커져 가는 나이 앞에
고개 떨군 한 다발의 향기가 시들어도
주름만 수놓을 수 없다

아름다운 하늘 끝 풍경이
보이지 않는 밤에도
늦도록 무언가 하나쯤
간절히 쓰고 싶은 마음

청춘의 단어들이 스며들도록
꾹꾹 눌러 머뭇거림 없이
내 안의 시향들을 남긴다

초라한 애벌레

손정희

태양은 피할 수 없는 굴레
계절이면 계절에 맞게 시들고 떨어집니다
기쁨을 위해서는
슬픔이 따르는 것처럼
떡잎처럼 떼어버리고 싶은 순간도 있습니다
슬픔도 나의 기침 같은 것
미흡하고 보잘것없는 모습으로
세상에 나왔습니다

아직은 미완성의 시간, 느린 발걸음으로
날아오를 그 날이 머나먼 길일지라도
꿈틀거리는 작은 숨을 모으며
흔들리는 세상 위에 엎드렸습니다
막막한 두려움에 눈물이 흘러도
꿈을 위해 긴 어둠 뚫고 반짝이는 별처럼
아름다운 날개 펼치며 푸른 하늘
높은 곳으로 눈부시게 날아오를 겁니다

그리운 고향

손정희

논두렁마다 야윈 등을 봄빛에 내어주며
봄을 캐는 어린 소녀의 짤막한 손톱엔
쑥물 몸살에 여름이 오도록 바쁘다

숨이 차오르는 산길을 돌아 내려오면
햇살 가린 계곡 물소리에 깔깔깔
물장구치며 땀을 식힌다

여름을 빠져나온 눅눅했던 바람이
한쪽으로 기울면 끝없이 출렁이는 들판
온 동네는 황금빛으로 빤짝인다

조잘대는 실개천 따라 걷고 걸으면
순수한 벗들 얼굴 닮은 고운 코스모스
하늘하늘 정겹다

저녁노을 등에 따라붙도록 돌고
바라본 밤하늘은 눈부신 우주인걸
별을 세다 스르르 꿈나라로 간다

봄 여름 가을의 우여곡절들이
이끼 사라진 돌담 위에 낙엽이 쌓이면
강 위로 한 겹씩 일어서는 찬바람이 인다

불빛 사라진 너른 마당에 흰 눈이 쌓이면
도란도란 마주 앉은 아랫목에는
웃음꽃으로 날새는 줄 모른다

미안한 사랑

손정희

너의 이름을 들먹이며
수십 번의 제목을 썼다, 지웠다
허락받지 못할 감정을
밀어내지 못하는 바람 같은 슬픔을 견디며
널 바라본다는 건 쓸쓸한 일이다

오른손을 흔들며
떨어지는 눈물을 모른 척
돌아보고 돌아보면
갈수록 이별은 어려운 일
미치도록 가까워지고 있다

앞과 뒤

손정희

새의 날개가 수평을 잡고 날듯이
마음에도 날개가 있다면
어둠도 밝음도 아닌, 눈뜬 새벽
산다는 것이 손에 잡히지 않는 틈을 조절하며
변화무쌍한 바다 위를 노 젓듯, 하루를 걷는 일
흥미로운 바람의 간지럽힘에 흔들리며
어둠이 스며들면, 누렇게 떠오른 달빛의 속삭임에
기웃거리는 간사함에 늘 물음표다
굴러가는 동전의 앞과 뒤가 다르듯
밝은 미소 뒤에 감춘, 어두운 그림자의 모습으로
천국과 지옥을 오고 가는 사람의 마음
거짓으로 가리어진 것들이 얼마나 영원할까
안개 걷히는 아침 창 넘어
푸른 수평선으로 흐르는 바다 바라보며
종일 첨벙거렸던 마음의 앞과 뒤를 고른다

행복한 졸업

손정희

슬픔은 다독거리고 기쁨은 나눠 가지며
뜨거운 가슴으로 피워낸 시간
비우고 채우며 다듬었던 이야기들로
계절의 모퉁이에서 머물렀던 우리,
정든 마음 돌리지 못해 서성이는 발길
하지만
아쉬운 눈물 대신 서로에게 따뜻한 악수를 하자
두근거리는 가슴 깊숙이 품은 씨앗들
훈풍이 머문 자리마다 꽃망울 터트리듯
아름다운 열매 맺기를 울컥거리는 밤
아마도 도려낼 수 없는 아픔처럼
영원한 추억으로 자리한다

유동진 시인

프로필
 – 전남 영광군 거주
 – 대한문학세계 시 부문 등단
 – (사)창작문학예술인협의회 정회원
 – 대한문인협회 광주전남지회 정회원
 – 대한창작문예대학 6기 졸업

석란도 가슴에 품다

유동진

한 폭의 화선지
작고 곧은 선비 같은 모습에
너를 바라본다

굽은 뿌리는
투박하나 튼실하고
날 선 잎은
자유롭고 호방하기 그지없다

또 다른 생각들
빈 곳 없이 채워지길 바라지만
그윽한 묵향이 가득한데
더 채워 무얼 할까

내 잿빛마음 비우고
너의 향기만 가득하게
석란도 하나 그리고 싶다

미소진 얼굴

유동진

천근 같은
무게를 짊어지고
밤. 낮을 쉬지 않는
나의 숙명이 섧다

흔들리는 불알
멈춤을 모르고
바른쪽을 향하는 침들
정해진 칸마다 종을 울린다

고요 속 보초를 서려
오색불빛 잠들게 하고
꿈속에 않긴 새벽
쉼 없는 손길 어둠을 걷는다

누구도 대신할 수 없는 일상
가끔은 하늘을 보지만
둥근 세상 기쁨으로 걷는다
생이 다하는 날까지

텅 빈 마음

유동진

빛바랜 옷을 입고
풀 때 죽 한 그릇에 긴 하루 넘던 시절
가슴속엔 향긋한 향기가 가득했다

함께 나눈 삶의 정
웃음소리는 담장을 타고
흔들리는 어깨 눈물을 나눴다

비릿한 모습에
깊게 골진 주름이 생겨
잡풀 속 이치는 보이지 않고
웃음 진 도리는 소리를 감춰
바늘 같은 쇳소리의 부서진 영원
꿈속의 허한 마음 요동을 친다

모자람 없는 풍성한 세상에
푸근했던 그 마음 어디서 찾을까
싸늘한 구들장에 불을 지핀다

복사꽃 꿈을 꾸다

유동진

검게 그을린 얼굴로
오늘도 진실한 세상을 담기 위해
까만 눈동자를 깜빡이며 곧게 섰다

가슴 깊은 곳 수정 같은 마음에
달콤한 거짓으로 멍든 마음
살바람에 뼈마디가 시리다

밝음에 가린 그림자의 쓴웃음과
무너진 제방 위에 초점 잃은 눈빛들
한숨을 토하고 신열을 한다

칠흑 같은 밤이 지나
새벽하늘에 복사꽃 드리우면
축복의 날 복사 향에 젖는다

언월도의 변신은 무죄

유동진

푸른 용의 기운을 받아
하늘 향해 깃을 세우고
은빛 찬란한 초승달에
서슬 퍼런 날을 세웠다

무서움 없는 세상
발목을 붙잡는 암벽에
앞길을 막아서는 창 칼
용의 기운으로 단칼에 베었다

거칠 것 없던 시절
내 앞에 쓰러진 잔영들
살이 되어 날아와
산화 꽃 활짝 피어 한숨도 버겁다

핏발 선 눈으로 뒤 돌아본 길
내가 쌓은 업의 화살이
내게 박힌 것이다

상처난 조개가 진주를 만들고
진흙탕에 연꽃이 피듯이

파괴의 신 같은 지난 삶
시린 아픔을 안고
진줏빛 연꽃이 피어나길 빌며
오늘도 걷고 또 걷는다

된숨을 쉬고 산다

유동진

너는
수리봉 꼭대기 탱크 닮은 바위
깨어진 몸뚱이 대지에 기대어
아픔의 상흔 이끼 속에 덮여
시린 마음 푸른 하늘을 안았다

장미꽃 춤추던 새벽
남쪽 향해 총구는 불을 뿜고
여린 자유의 수호자 봉우리로 밀려
승냥이 발톱의
붉은 비 하늘을 적시고
바위를 앉은 흰 구름 부서져 흩어졌다

비린내 가득한 세상
발톱 빠진 승냥이 폭풍우에 날아가고
여린 가지 한 아름 되어 안긴 날
포개진 아픔 그날을 회상하고
파란 하늘 보고 살지만
뜨겁던 기억 어둠 속에 묻힌 지 오래다

탱크 같은 모습 너의 곁에 선 지금
나는 하얀 나비가 되고 싶다
너를 적신 섬광의 아픔 잊지 않고
새하얀 영혼과 함께
불타는 노을 속을 훨훨 날고 싶다

따스함이 좋다

유동진

철부지 어린 시절
샘물 같은 사랑이 쌓이는 곳
포근한 달님 빛을 잃어
탯자리 떠나 작은 발 먼 길을 향한다

위태롭던 걸음걸음에 굵어진 힘줄
야생마같이 뛰다 큰 상처를 입고
서걱대는 빈 가슴 쓰린 가슴 안고
다시 돌아온 곳이 내 고향이다

이제는 긴 시간 흘러 낯설기만 하고
낯익은 얼굴도 보이지 않는데
주름진 아짐이 누구 아니냐고 묻고
그러고 보니 이웃집에 살던 아짐이다

죄송한 마음에 인사를 드리고 나오는데
"염병할 놈, 여기까지 와서 그냥 가냐?"
"밥이나 처먹고 가라."며
사랑 담긴 찰진 욕으로 발길을 붙잡는다

꼿꼿이 서지도 못하고
굽은 허리로 음식을 하는데
사랑이 가득한 내 고향
울 엄니 품같이 따사롭다

145

너와 함께

유동진

파아란 하늘에 햇살은 눈부시고
새하얀 물고기 구름 솔바람에 몸을 싣고
두둥실 떠가는 동심이 아름답다

찬바람 시린 곳에 조각 햇살 비추고
하늘 가득한 잿빛 구름 눈물을 날리며
성난 솔바람 팽이처럼 어지럽게 돈다

아이 같은 미소 뒤에 어긋난 아픔들
가슴을 활짝 열어 어깨동무하고
석양의 하늘을 아름답게 물들게 한다

반짝이는 쪽빛 호수가 되고 싶다
파아란 하늘과 푸른 대지를 가슴에 품고
붉게 타는 노을 가만히 안아주고 싶다

변절의 단상

유동진

팽팽한 얼굴의 가득한 욕심이
황금빛 근심 안고 배앓이 한다

내딛는 간절함에 허리를 굽실거리고
긴 기다림에 머리를 조아리며
참을 수 없는 고통에 동공이 풀어져
앞길을 열어주는 모든 아픔을
다 안아줄 수 있을 것 같다

떨리는 다리로 도착한 환희의 장소
말 못 할 고통과 근심을 쏟아내고
풀린 다리에 핏줄이 굵어지며
굽실거리던 허리와 조아린 머리 까맣게 잊어
고고한 척하며 또 다른 얼굴로 태어난다

양말산에 핀 황금빛 무궁화처럼

늙은 엿장수

유동진

흰 머리카락에 눌러쓴 벙거지
굽은 어깨에 시름이 쌓이고
우스꽝스러운 광대 분장으로
엿가위를 울리며 힘겹게 간다

뼈만 남은 아내의 미안한 눈빛
가느다란 숨조차 먼 산을 보고
엿가위에 실린 무거운 아픔
공허한 밤하늘에 한숨 되어 날린다

간절한 마음 담아 빌고 빈 소원
아픈 아내 병원에 데려갈 수 있을까
찰그랑 가락 속에 애달픈 마음
덧 덴 옷자락에 잔바람만 인다

이광섭 시인

프로필
 – 경북 상주 출생
 – 서울시 송파구 거주
 – 한결산업개발(주) 대표

 – 대한문학세계 시 부문 등단
 – (사)창작문학예술인협의회 정회원
 – 대한문인협회 서울인천지회 정회원
 – 대한창작문예대학 6기 졸업
 – 문예창작지도자 자격 취득

 – 동인문집 들꽃처럼 2집 공저

노을에 지다.

이광섭

태양이 스러지는 시간은
화려하다

감출 수 없는 화려함 때문에
오히려 안타까운 거다

숨 가쁘게 살아낸 하루는
짙은 아쉬움으로 남고

채워지지 못한 오늘은 소리 없이
노을 속으로 지는데

황혼의 시간이 깊어 갈수록
뜨거운 가슴은 잠들지 못 한다

불면의 밤

이광섭

잠들지 못하는 깊은 밤이면
함께 깨어있어
덩그러니 벽 가운데 홀로 매달린 너를 동무 삼는다

사위가 적막하여 고요가 절정에 치달을 무렵
너는 쉬지 않고 움직이는 두 팔로
내게 뒤늦은 잠을 재촉한다

잠들지 않고 깨어있어 멈추지 않는 손짓으로
이 깊은 어둠을 지키겠노니
내게 어서 잠들라 한다

고요하여 적막한 이 밤은
제가 맡아 지킬테니
그대는 붉게 떠오를 여명을 지키라 채근한다

이 밤도 너와 나
소리 없는 입씨름으로
불면의 밤을 속절없이 하얗게 새운다

朔風(삭풍)이 불고나면

이광섭

허접스러운 세월이었다
무엇을 위해 그 힘든 세월을 감내했던가
돌이켜 보면 신기루 같은 현상을 좇아
바람도 거스르고
눈보라도 헤치며 살아온
긴 세월이었다.

마음을 비워야 했다
미래를 위해
온통 세상의 욕망으로 가득한 마음을 회상하면
덧없고 허황한 꿈을 좇아
자신을 버리고 상처를 입으며
고독하게 살아온 삶이었다.

그을어 때가 묻은 마음을
비워내고 닦아 내어야 하지 않겠는가
아직은 긴 세월이 남지 않았는가
다 잃어버리고 이것밖에 남지 않은 것이 아니라
아직은 남은 것이 있으니
다시 도전할 만하지 않겠는가?

미래에 대해 근심한들 무엇하랴
멈출 수 없는 삶에 대한 열정이
가슴에서 소용돌이치는데 무엇을 두려워하랴
겨우 반 세월
아직 남은 반 세월
朔風(삭풍)이 불고 나면 새 이파리 돋아날 텐데.

삶의 정점으로

삶의 한 굽이에서
잠시 쉬어 갈 곳 있다면
살아온 여정이 그리 지치는 것만은 아닐진대

돌아서 보면 굽이굽이 물길 같은 여정
급류도 있었고 탁류도 있었지만
그래도 가끔은 맑고 잔잔함도 있었더라

해지는 저녁
노을마저 돌아드는 어느 산기슭에서
잠시 숨을 고르며 쉬어가려니

가뭄에 말라비틀어진 잎새마저
듬성듬성한 작은 소나무
살아갈 날 아득한데 이미 그리 지쳤는가?

멈추지 말고 탁류도 급류도 없는 바다를 찾아
삶의 정점인 바다를 향해
흩어진 삶의 물길들을 모아 가자

봄날의 호숫가에서

이광섭

따듯한 봄기운에 호숫가를 돌아가며
개나리와 벚나무의 꽃망울이 터지고
많은 사람은 화려한 벚꽃을 배경 삼아
갖가지 자세를 잡고 밝은 섬광을 터트린다

세상은 시끄럽고 어수선한데
개나리, 벚꽃은 도심의 호숫가에서 화사한 자태를 뽐내고
닫힌 조리개를 활짝 열어
봄바람에 흔들리는 꽃잎 가득한 세상을 촬영한다

화사한 봄날 흐드러진 꽃잎 가득한 풍경 앞에서
저마다 가슴에 묻어둔 속내는 가려지고
이루고자 하는 꿈 다 다르지만
그저 화사한 꽃향기에 한결같은 미소를 띄운다

화려한 꽃잎에 어둠조차 초라해지는 호숫가에서
곱게 미소 짓는 연인의 모습도
천진한 아이의 해 맑은 웃음까지
봄이 허락한 이 날을 한 장의 사진 속에 남기고 싶다

나 그대를 잊었노라

이광섭

나 그대를 잊었노라
흘러가는 강물처럼 잊었노라

세월은 무정하고 가슴 아픈 것
구름이 기약을 하던가
바람이 기약을 하던가

소리 없이 찾아온 이별은
돌아오마 던 기약조차 없는 것

그대는 그저
꿈결 같은 여인
눈을 뜨니 어디에도 뵈지를 않네

돌이킬 수 없었던 정해진 이별에
상처로만 남아있던 아픈 기억

삶도 사랑도 잊히면 그만
그대와 함께하던 뜨거웠던 시절도
바람처럼 떠나가면 그만

상처처럼 남은 것은
그대가 두고 간 첫사랑의 흔적

한 방울 눈물도
세월 가면 그저 잊힌 추억
나 그대를 잊었노라.

동행

이광섭

어디로 갈까
내 사랑하는 이여
때로는 비, 바람 불어대고
때로는 구름 한 점 없는 하늘

저 하늘 어느 곳 인가에
이정표가 있어
먼 하늘 길
끝없는 날갯짓으로 가야 할까

함께 있으니
불타는 태양 인들
거센 비, 바람 인들 두려우랴
함께 가자 사랑하는 이여

아득한 푸른 하늘 끝
세상 언저리 어디엔가
우릴 기다리고 있을
아름다운 언덕을 찾을 때까지

산다는 것은

산다는 것은
존재 한다는 거다

살아 있다는 것은
숨을 쉰다는 거다

숨을 쉰다는 것은
여전히 존재하고 있다는 거다

아직 살아 있다는 것은
더 살아야 한다는 거다

살아야 한다는 것은
미래가 있다는 거다

미래가 있다는 것은
꿈을 꿀 수 있다는 거다

꿈을 꿀 수 있다는 것은
아직 새로운 삶이 있다는 거다

그러기에 사는 거다
아직은 굳건히 존재하고 있으므로

전역을 앞둔 아들들에게

이광섭

너를 생각하면
늘 가슴 시린 아들이다
너를 생각하면
언제나 가슴이 먹먹한 아들이다

내가 너의 아비이고
네가 나의 아들이다
세상에 쉬운 일이 어디 있고
세상에 못할 일이 또 어디 있을까

누구나 갈 수 있는 남아의 길
아무나 갈 수 없는 사나이의 길

짧지도 않지만 길지도 않은 시간
너는 이 나라의 아들이며
너와 함께 했던 전우들도 모두 내 아들들이다

구속당하며 인내하고 절제하며
젊은 날의 한 때를 불타는 의무감으로 보냈던 나날들

이제 곧 군문을 떠나
넓디넓은 세상의 바다로 나아갈 너희들
이제 주어지는 자유가 방종이 되어서는 아니 된다

전역은 끝이 아니라 새로운 세상을 향한
한층 더 어려운 도전이며
치열한 삶의 전장이 될 거다

멈추지 마라.
절대 머뭇거리지도 마라.
세상은 너희에게 끊임없는 도전과 노력을 요구할 거다

사랑한다
청춘의 한 페이지를 아름다운 헌신으로 희생한
너희 모두를 사랑한다

인연

이광섭

언젠가 인연이 있으면

강물 같은 그대를 만나겠지요

언젠가 인연이 있다면

구름 같은 그대도 만나겠지요

세월은 유수 같아 만나지지 못할지라도

세월이 돌고 돌아 다시 또 그 자리면

오늘 우리 여기서 만났듯

내일 또다시 어디쯤서 그대를 만나겠지요

그래서 세월은 또 강물과 같지요

임재화 시인

프로필
 – 부산대학교 산업대학원 기계공학과 졸업(공학 석사)
 – 대한문학세계 시 부문 신인상 수상으로 등단
 – 현) (사)창작문학예술인협의회 정회원
 – 현) 대한문인협회 대전충청지회 감사
 – 현) 대한문인협회 저작권옹호위원회 위원장
 – 대한창작문예대학 6기 졸업
 – 문예창작지도자 자격 취득
〈수상〉
 – (사)창작문학예술인협의회 대한문학세계 신인 문학상 수상
 – (사)창작문학예술인협의회 한국문학 공로상 수상
 – (사)창작문학예술인협의회 주최 / 대한문인협회 주관 /
       문화체육관광부 / 대한민국 국회사무처 / 금강일보 후원
       순 우리말 글짓기 공모전 장려상 2회 수상
 – (사)창작문학예술인협의회 베스트셀러 작가상 2회 수상
 – (사)창작문학예술인협의회 한국문학 예술인 금상 수상
 – 대한문인협회 주관 금주의 시인 선정(2012, 2013, 2014, 2015)
 – 대한문인협회 주관 특선 시인선 선정(2013, 2014, 2015)
 – 대한문인협회 주관 이달의 시인 선정(2013.3)
 – 대한문인협회 주관 특별 초대 시인 작품 시화전 선정(2013~2016)
 – 대한창작문예대학 졸업 작품 경연대회 은상
〈공저〉
 –"현대 시를 대표하는 명인명시"특선시인선 3년 연속 공저
 – 대한문인협회 특별 초대 시인 시화 작품집
                  "유화에 시의 영혼을 담다"공저
〈저서〉
 – 제 1시집"대숲에서"출간 – 제 2시집"들국화 연가"출간

작은 내 삶의 소망

임재화

지금까지 짧지 않은 세월을 살아오는 동안에
가슴속에 켜켜이 쌓인 내 마음의 못난 응어리들을
이제는 몽땅 내던져버리고 마음을 깨끗이 하고 싶다.

그동안 부족한 능력에 걸머진 버거운 삶을 헤쳐 오느라
언제나 아등바등하면서 알게 모르게 쌓인 응어리들을
올해부터라도 모두 다 내려놓고 비우고 버리고 싶다.

은근히도 힘차 보이는 수묵화에 아름다움을 보태주는 여백처럼
텅 비워진 내 마음 한쪽에 오롯이 맑은 기운을 채워놓고서
슬기롭고 향기로운 삶의 지혜를 얻으려 늘 마음공부 하고 싶다.

세월 소고(小考)

임재화

그동안 짧지 않게 살아온 나의 삶에서
겪은 온갖 사연들을 가슴에 담아놓고
아직도 미쳐 몽땅 다 내려놓지도 못했는데
세월은 쉼 없이 흘러가고 있습니다.

늘 버거운 삶을 아등바등 헤쳐 나오면서
세파에 오염된 가슴을 비우려고 노력하는데
세월은 절대 멈추지 않는 시계처럼
잠시 쉬었다 가는 여유도 없이 흘러갑니다.

젊었을 때는 그리도 늦게 흐르더니만
이제는 너무나 빠르게 흘러가는 세월이여
마음만큼은 세월을 꽉 붙잡고 멈추고 싶건만
오늘도 세월은 쉬지 않고 흘러만 갑니다.

회상

임재화

너무나 철없던 초등학교 어린 시절
드디어 기다리던 여름 방학이 시작되면
온종일 시냇가에서 멱 감고 놀다가
하루가 몹시 길었던 어느 여름날

홀쭉해진 배를 움켜쥐고서 집에 돌아오면
식구들 모두 어디로 갔는지 아무도 없고
시꺼먼 꽁보리밥 달랑 한 그릇만이
간장 종지 하나와 소반 위에 놓여있기에

양이 늘어나라고 찬물에 말아서
게눈 감추듯이 후딱 한 그릇 먹어치워도
왜 그리도 양이 안 차는지요?
배부른 적이 단 한 번도 없었습니다.

이순에 다져보는 각오

임재화

어느새 세월이 흘러서 인생 후반기가 시작되었건만
조실부모한 설움의 응어리가 못난 마음에 차츰차츰 쌓이며
지나온 세월을 스스로 고단한 삶을 자청하며 살아왔다.

때로는 자격지심 때문에 별 쓸모없는 자존심을 지키면서
언제나 남에게 무시당하지 않으려고 아등바등 애쓰다 보니
중년의 삶이 버거워지고 마음도 늘 평안치 못하였다.

어느덧 나이가 이순이 되니 날마다 소망하는 것은
늘 마음 평안하고 몸 건강할 수 있도록 최선을 다해서
내게 주어진 인생 후반을 열심히 살아야 한다는 생각뿐이다.

고장 난 카메라

임재화

이리 뒤척 저리 뒤척
첫 유럽 여행을 생각하면서
설레는 마음으로 밤잠을 설쳤다.

난생처음으로 찾아온 이국에서
보는 것마다 새롭고 신기해
카메라 셔터를 누르기에 바빴다.

바티칸 성당, 루브르 박물관 등
서양이 자랑하는 세계 문화유산 앞에서
멋진 배경으로 사진을 많이 찍었다.

하지만 많은 필름과 찰나의 행복을 먹은
까만 상자는 사진으로 뽑어내지 못하고
아쉬운 추억 속에 머물러 있다.

영광의 상처

임재화

수백 년의 흔적이 켜켜이 쌓인 고목
한구석이 완전히 썩어 움푹 팬 구멍은
힘든 세월을 버텨온 영광의 상처

겨울엔 늘 벌거벗어 볼품없지만
새봄이 찾아오면 당당한 모습 되찾고
벚꽃 향기 온 누리에 풍겨낼 수 있는 충만한 에너지

서로 마음을 주고받던 나그네 찾아오면
오랜 연륜으로 고목의 덕과 지혜 가득하기에
그냥 아무 말 없어도 위풍당당하다

내 고향 초가집

임재화

철없을 때 떠난 내 고향 초가집
어릴 적 신나게 뛰놀던 곳
오랜 세월 정감 서린 추억이
가슴속에서 꿈틀거린다.

기역 자 지붕에
맘껏 달릴 수 있는 너른 마당과 뒤뜰
내 꿈만큼 우뚝 서 있는 우물가에 고욤나무
울타리엔 붉은병꽃나무가 자리를 지켰다.

어느 해
모든 것을 집어삼킬 듯 성난 바람이 지나간 자리에
앵두 나뭇가지 작은 새 둥지는 사라지고
부러진 날개의 파닥거림은 얼룩진 상흔으로 남았다.

너와 나의 동행

임재화

너와 나의 마음에
고요한 맑음을 하나 가득 채워서
오롯이 순수한 기운을 나누고

우리 함께 영원한 우정을 나누는
평생 동행이 되어보자고
마음속에 깊숙이 새겨 놓았다.

늘 아름다운 인간애를 가꾸고 다듬어
서로서로 마음을 활짝 열어놓고서
너와 나 삶의 향기를 풍기어보자

이 세상에 태어난 것은
내 마음으로 선택한 것이 아니었지만
사는 것은 흰 백지에 그리는 그림처럼
내가 열심히 노력하는 마음에 달려있다.

보쌈김치 소고(小考)

임재화

개성식 보쌈김치를 먹어보지 않으면
보쌈의 볼품없는 겉모양 때문에
알찬 속의 오묘한 그 맛을 누가 알까
보쌈김치의 겉만 보고 섣불리 판단하면
속이 알차고 기막힌 맛이라는 것을
겉잎 펼쳐 먹어보지 않고는 모른다.

너도나도 외모에만 신경 쓰는 세태
겉은 그럴듯하나 속은 텅 빈 군상(群像)
보잘것없는 겉모양이지만
속이 알차고 맛있는 보쌈김치처럼
아름답고 은은한 인품의 향기를 머금은
그런 사람들이 많은 세상이 그립다.

한밤의 서정

임재화

여유를 즐기는 주말의 밤
홀로 머무는 사택의 창문을 열고
조용히 밤바람을 맞이합니다.

어둠이 짙게 내린 별밤
달은 지그시 눈감고 졸고 있는데
무논에서 개구리 합창 들려옵니다.

별빛을 등(燈) 삼아 단잠에 든 마을
이따금 소쩍새가 소쩍소쩍 울고
바람 따라 꽃향기가 코끝을 스칩니다.

햇살 가득한 하늘을 보지 못하고
캄캄한 어둠이 내려앉은 한밤에
내 마음도 가만히 내려놓아 봅니다.

임종구 시인

프로필
 – 대한문학세계 시 부문 등단
 – (사)창작문학예술인협의회 정회원
 – 대한문인협회 대전충청지회 정회원
 – 문학애 작가협회 정회원
 – 대한창작문예대학 6기 졸업
 – 문예창작지도자 자격 취득
 – 대한창작문예대학 졸업 작품 경연대회 은상

내 얼굴

임종구

새벽 아침 까치 소리에
반가운 손님이 오시려나 보다

졸졸 흐르는 시냇물에 내 얼굴을 비춰보니
유성처럼 떠오른 아버지의 미소를 보았다

곰방대 담배 연기 속에
구수한 옛날이야기가 묻어나고
낚싯줄에 매달린 잉어는
애원하듯 슬픈 눈물을 흘린다

참되고 우애롭게 살라 하시는
비타민 같은 아버지의 교훈 속에
지천명의 세월을 회상해 본다

오늘도 아버지의
그리운 사랑에 내 모습을 보며
남은 여정의 이정표를 잡는다

강철은 뜨거운 용광로 속에서 단련되고
꽃은 진한 거름 속에서 다시 태어나듯이
나는 또다시 새 희망의 아침을 맞는다.

내 삶의 꿈 하나

임종구

새벽부터 소나기가 쉴 새 없이 쏟아진다
출근길 짜증스러웠던 얼굴이
채움을 위해 금세 환한 미소로 바뀐다

어느덧 중년 인생
참으로 바쁘게 살아왔지만
아직도 채워지지 않은 공허함이
나의 갈 길을 재촉한다.

소박한 삶 속에서
사람들의 꿈과 희망이 되는 시를 쓰며
작은 길잡이고 싶었다

지나온 세월 뒤로 하고
재촉하던 걸음 천천히 하면서
행복한 꿈 하나 위해
만년필을 들었다.

소년의 꿈

임종구

사랑방 윗목에서 옹기종기 모여 앉아
호호 하하 감자를 구워 먹으며
옛날이야기 듣던 소년
아버지의 구수한 이야기는 내게 꿈을 심어 주셨네

대통령이 되어라 하시던 아버지는
이야기 할 때마다 꿈을 바꿔 주시며
희망의 꽃을 피워 주셨고
내게 남겨 주신 건
가난이란 성공의 빛을 주셨네

풍요롭지 못한 부족함으로
근면을 만들고 성실함을 생활하고
이룸의 목표를 달성시키며
성공의 길을 가고자 하네

내 생애 마지막 도전
노랫말을 창시하여 꿈과 희망의 세계로
꿈을 이루려 하네

당당한 나

임종구

다가서면 설수록
내 모습이 행복해 보여서
 멀리가면 멀수록
내 모습이 그리워 보여서
나는 좋다

아침 출근길에
거울 앞에선 나는 기분 좋다 잘생겨서
저녁 퇴근길에
거울 앞에 선 내 모습은 더욱 잘생겼다
웃을 줄 아는 얼굴이라서

내가 날 보고 웃는 행복의 비결은
웃어서 행복한 것이다

야생화 같은 내 얼굴에
그윽한 세월의 향기가 묻어나
미소 짓는다

즐거운 짝사랑

임종구

널 향한 그리움은 가만히 눈 감으면
아침 햇살이 쑥스러워 고개 숙이던 이슬처럼
설렘으로 수줍은 얼굴이 볼그레 물든다

너와 함께 하는 세상이 아름다워
푸른 하늘의 태양을 바라보며 사랑을 꿈꾸고
밤하늘의 달을 바라보며 찬란한 행복을 빌었다

네게 사랑을 고백하지 못하고
마음만으로 고백을 연습하고 꿈꿨지만
너로 인해 세상을 아름답게 볼 수 있었다

세월이 흘러 귀밑머리에 서리가 내린 지금
내 곁에 사랑하는 임자와 함께 하지만
늘 마음속의 너는 나를 젊음으로 이끈다

내 이름

임종구

세상에 태어난 기쁨으로
푸른 하늘에 돌을 던진다

새벽의 종소리는 나를 깨우고
동쪽 하늘 태양은 나에게 꿈을 심는다

정오의 쉼터에도 거북의 삶처럼
욕심 없이 한 걸음 한 걸음 고지를 향한다

석양의 노을 속에 내 삶도 물들어 가고
지천명 끝자락에서 새 희망을 얻는다

까만 하늘에 은하수처럼
샛별로 이름 석 자 수놓는다

어머니의 화분

임종구

동강의 맑은 물은 다 어디로 갔는지

봉래산은
마을의 수호신 장승처럼 우뚝 서 있고
새벽종 소리에 두견새는 한결같이 슬피 울며
한(恨) 많은 낙화암은 내 가슴을 뛰게 한다

초가집 울타리 밖 두레박 우물 속에
해맑게 웃던 내 얼굴이
오늘도 수채화 같은 화폭 속에 미소 띤다

도회지 생활 십수 년에 향수(鄕愁)는
고향의 젖줄 남한강 기슭에서 담아 온
어머니 닮은 화분의 흙에서 꽃처럼 피어난다

행복한 부부

임종구

평생을 함께하자고 약속한 그날
아침 이슬보다 촉촉한
곱고 아름다운 눈빛으로 마주 보며
사랑의 속삭임에 행복하다

연인으로 이어 온 시간들
어느덧 사랑으로 맺어져
함께 손잡고 떠난 밀월여행
청사초롱 불 밝힌다

사랑과 믿음으로 의지하며
이해와 배려의 따뜻한 마음으로
우리를 꼭 닮은 아들딸 얻어
한결같이 행복한 삶을 살아간다

삶의 훈장처럼 머리 위엔 서릿발 내리고
한결같은 사랑으로 살아온 세월
맞잡은 두 손 꼭 잡고 남은 인생
서산의 아름다운 노을처럼 살고 싶다

그녀의 얼굴

임종구

환한 미소에 수줍음 섞인 얼굴
긴 생머리에 핑크빛 입술
당장에라도 입맞춤을 부르는 그녀는
역시 천사였다

공포 영화를 보고 난 그녀에게서
갑자기 악마의 모습이 그림자처럼 스친다
울긋불긋 검버섯에 새까만 주근깨
어디서 나온 도깨비 얼굴로
금세라도 날 잡아먹으려 하는 것은
무엇 때문일까

나는 천사 같은 얼굴만 바라보면서 살고 싶은데
사람은 누구나 두 마음이 존재하나 보다
천사와 악마가 보이는 두 얼굴
인간은 누구나 다 소중유검(笑中有劍)이구나

새의 오줌

임종구

나는 멋진 꿈을 안고
푸른 하늘을
마음껏 날아가고 싶다

네가 누리지 못함을
나는 알고
내 삶을 훨훨 날아든다

태양을 가까이하기에
내 맘은 따뜻하고
별을 가까이하기에
내 맘은 영화롭다

평화와 문화의 상징
아름다운 존재 속에
슬픈 그리움!
하나 있다.

세상을 포용하지만
나에겐
용변을 따로 보지 못함을
너는 아느냐

하늘을 날아야 하기에
오줌통의 존재도 망각하고
살아가야 하는 아픔이
나의 운명인 것을

장화순 시인

프로필
 – 대전 거주
 – 대한문학세계 시 부문 등단
 – (사)창작문학예술인협의회 정회원
 – 대한문인협회 대전충청지회 정회원
 – 대한창작문예대학 6기 졸업
 – 대한창작문예대학 졸업 작품 경연대회 은상

나들이 그 즐거움

장화순

수학 여행 가기전 아이처럼 밤잠 설치고
벼르고 준비해 떠난 제주도 나들이
하늘은 함지박 같은 웃음으로 맞아주었고
파도의 출렁임이 마음을 설레게 했지
쓸어 넘기는 머리끝 해풍은 가슴 뛰게 했다

섬 속의 섬 우도 여인의 속내같이
우도 신의 옷자락 같은 안갯속에 숨어
보여주지 않으려 했지만, 그 옷자락 헤집고 본 속내
민들레와 엉겅퀴 여린 꽃잎 수줍게 웃어주고
백 년을 살았다는 등대는 아직도 청춘이었다

한 많은 여인의 섬 바람 많은 돌섬이라 했지
송송 구멍 난 제주 할아방 웃음이 외로워 보이는 것은
내 마음인가 발길 닿는 곳이 비경이요 한 폭의 그림
쪽빛으로 빛나는 바다는 흰 구름을 품고 넘실넘실 춤추고
춤추는 그 바다에 내 마음 한 가닥을 두고 왔다

오월의 신열

장화순

여신이 잠에서 깨어나고 있다
도도한 몸짓으로 우아하게
싫어도 싫다. 못 하고 꺾어지는
아픈 생채기 붉은 꽃잎에 숨기고
가시를 품은 가슴을 않고

보이기 위해 핀 울타리 장미
사랑 올가미에 묶여 버려진 아픔
다시는 피우지 않겠다고 다짐한 말
끌어안고 토해낸 오월의 신열
각혈 같은 붉은 사랑 품어 안고서

안개비에 마른 가슴 촉촉이 젖어
나를 꺾지 마세요. 외치듯 뚝뚝
눈물 흘리는 장미의 몸짓 그래도
당신 사랑 없이는 살 수 없다고
붉디붉은 입술을 또 내어 준다

살아있기에(존재)

장화순

까치의 아침 인사 이른 잠을 깨우고
라디오를 켜니 오래전 노래 들린다.
따끈한 차, 한 모금 머금고 눈 감으니
꿈결인 듯 아늑한 생각에 젖는다.

무지갯빛 사랑에 설렘도 있었지만
한 점 바람 뒤 숨은 풍전등화의 삶
독하게 아픈 기억들 지우고 싶은데
삶이 끝날 때까지 같이 하잖다

흑백필름에 담긴 기억의 여운 어느덧
짧아진 내생을 따듯하게 보듬어 안고
존재한다는 것에 감사함을 담아서
이제는 웃는다. 행복하게 웃는다.

다섯 살 손자와 함께

장화순

"할머니,
물은 물고기의 소파야,
물속에서 움직이지 않는 것은
물에 앉아있는 거야,"

호기심 가득한 표정과
새벽이슬보다 더 빛나는 눈
사월의 하늘 아래서
태양보다 더 밝은 얼굴을
가진 아이가 웃고 있다

"할머니, 나는 키는 작지만
생각 주머니는 커" 하며
씩 웃고 돌아서 놀고 있는
다섯 살 손자

나를 깜짝 놀라게 하며
편견에서 벗어나게 하는
생각 주머니가 큰 다섯 살 손자와
함께 하는 나의 삶이
세상에서 가장 행복하다.

찔레꽃 향기 맴돌고

장화순

통통하게 물오른 찔레순 꺾어 먹던
동무들 웃음소리 메아리로 울려 퍼지고
산기슭에 분홍색 진달래꽃 곱게 피면
구름도 내려와 쉬어 가던 곳

땀방울 송골송골한 얼굴로
찔레순 한 움큼 건네던 동무의
살짝 맺힌 핏빛 손가락을 보며
가슴 뭉클함에 설핏 눈물 어리던 곳

파란 물감 뿌려 놓은 듯한 하늘에
뭉게구름 번지듯 꿈이 영글어 가던 곳
새끼손가락 걸며 우정을 다짐하던
찔레꽃처럼 하얀 네가 보고 싶다

넋두리

장화순

너를 향한 애틋한 연정(戀情)
나와는 무관하다
꼭꼭 접어 가슴에 숨겨두고
잊은 척 살아온 세월

벚꽃이 흐드러지게 피는 날
숨겨둔 연정 톡, 톡, 핏빛
열꽃으로 피어
때늦은 열병을 앓고 있다

가슴에 꼭꼭 숨겨둔 연정 꺼내
떨리는 손끝으로
무명실 같은 삶의 넋두리
밤새워 꽃처럼 피워 내려 한다

증인(證人)

장화순

햇살 흩뿌리던 날
봄 언덕에서 진달래 따 먹어
파란 입술을 한 아이
해맑은 웃음 하늘과 닮아있다

때 이른 햇살에
덜 익은 오디처럼 떫은 풋사랑의
설렘과 아련함을 간직하고 살아온
내 삶을 친구인 너는 알고 있지

서리꽃 하얗게 피어오를 때 꽃가마 탄
하얀 눈꽃보다 더 예쁜 딸
엄마보다 더 예쁘다던 손 (客)들의
기분 좋은 소리까지 고자질했지

감추고 싶은 순간의 표정까지
숨김없이 전해주는 너
자주 너를 마주하고 웃으며
아름다운 추억을 만들고 싶다

시어의 빈곤

장화순

생각하고 느끼는 감성을
표현하지 못함의 당혹스러움
가슴 밑바닥에서 치미는
아린 통증의 절망

사랑을 더 애틋하고 달콤하게
가슴 뭉클하도록 엮어 둘
언어의 부재
속 알맹이 텅 빈 쭉정이 씨앗

어둠이 여명을 불러오듯
초승달 날마다 조금씩 채워 보름달 되듯
빈 가슴 채워 은은하게 빛나는
은하 계곡이면 좋을걸

그리하여
달콤 쌉쌀한 언어로 승화시키고
풀어낼 줄 아는 글쟁이 꿈꾸어 보는
어설픈 풋내기 시인

백조의 날갯짓이 슬프던 날

장화순

수줍은 새색시 면사포 쓰듯
노란 삼베수의 머리끝에서 발끝까지 덮고
힘겨워 출렁이던 파도를 넘어
미지의 세계로 노를 저어가네

팔십오 년 살아온 삶
몸에 딱 맞는 갑옷 입고
무거운 짐 훌훌 벗어 좋은지
환한 미소 띠며 누워계신 어머니

밀려오는 슬픔 뒤로하고
국화꽃 한 송이에 마음 담아
어머니 가시는 길
화사한 봄꽃으로 피어나길 기도하네

주인 잃은 시계

장화순

숨이 멎는 날까지 한곳을 보자던 언약의 증표
치워야지 하면서도 치우지 못하고
20년이 지나도록 상처가 되어
서랍에 누워있다

멈추어 달라고 말하듯
멈추어야 한다고 애원하듯
보내야 한다고 소리 지르듯
생명 없는 생명체로 돌아가는
당신의 손목시계

지나온 세월만큼
아련한 기억 속에 자리하는 당신
공허하면서 공허하지 않은
당신의 목소리 같아서
놓지 못했다

하지만 이제는
당신의 손때 묻은 흔적을
꽃향기 실어 가슴에 묻으려 한다

정진일 시인

프로필
- 충남 논산 거주
- 대한문학세계 시 부문 등단
- 대한문인협회 대전충청지회 정회원
- (사)창작문학예술인협의회 정회원
- 논산문협 정회원
- 대한창작문예대학 6기 졸업
- 대한창작문예대학 졸업 작품 경연대회 장려상

여백의 사랑

정진일

낯설어져 가는 인연의 추억
세월이 이제 잊으라 합니다만
내 곁에 있었던 당신의 빈자리는
그 어떤 사랑으로도 채울 수가 없구려

가끔씩 생각나는 당신이
떨리는 그리움으로 찾아 올 때면
외로움이 더할까 두려워서
보고 싶다 말은 할 수가 없어요

이제는 내 곁에 있지 않아
당신에게 다 주지 못해 남아 있는 사랑
돌아올 수 없어서 가슴 아픈 사랑
그대 몫의 사랑을 여백으로 남겨두려 하오

기다림

미리와 너를 기다리며 마시는
한잔의 커피에
너의 모습이 피어나고
조급한 마음은 잠시도
출입문을 떠나지 않고 있다

향기 짙게 배인 탁자 위에서
커피는 식어가고
설레임으로 기다리던
약속 시간은 다가와
시계만 쳐다본다

떨리는 마음 감추려 애를 써봐도
잊고 살았던 추억들이 솔솔 피어나는
침묵하는 커피잔 속에
너의 그림자 드리워져
고개를 들어 바라보는
내 심장은 급하게 뛰고 있다

하얀 눈 머리에 이고
수줍은 미소로 다가온 너를
따뜻한 두 손으로 맞아
너의 얼굴을 바라보는 나는
손끝이 떨리고 있다

담배 연기처럼

정진일

제 몸 태워 내 품은 담배 연기 속에
무희의 춤사위가 피어오르고
허파를 파고든 심연의 연기가
하얀 나비 되어 높은 하늘을 훨훨 날아오르고 있다

붉게 타오르던 정열의 불꽃이 꽃잎 날리듯
하얀 구름이 되어 바람의 날개를 달고
잠시 내 곁에 머물다
나의 혼불로 하늘에 머문다

향불 같은 작은 불꽃을 태워
사방으로 퍼져 나가는 담배 연기에
노동 끝의 고단함이 묻어나는
나의 향기가 배있다

버려진 담배꽁초의 여운처럼
다 태울 수 없는 인생의 끝으로 향하며
흔적없이 사라져 가버리는
담배 연기가 나의 자화상이다

인화된 사랑

천사 같은 너의 웃음을 렌즈 너머로 남기는 날
꽃 속에 예쁜 꽃으로 피어난 모습을 보면서
내 마음속에 인화된 하늘 꽃을 담았다

날마다 하늘을 바라보면서
구름 속에 핀 한 송이 꽃에게
열병 같은 사랑을 고백하고
가슴 떨리던 밤은 밤새 꽃이 피었다

초야의 설레는 마음처럼
처음으로 사랑한 너의 모습이
꽃으로 인화되어
아직도 내 마음 속에 자리하고 있다

봄

정진일

봄꽃 꽃잎 떨 군 자리에
아기 새싹이 잠에서 깨어나
하늘을 향해 기도를 하고

새싹에 움트길 기다리던
살랑이는 바람끝 꼬리 바람에
새살 돋는 봄비가 내리면

상처 난 두릅나무 가지에
흔적을 없애려 소리 없이
봄은 속살을 채우고 있다

아름다운 변화들이
추억이 되어 가는 봄날의 끝에서도
꽃들은 봄의 흔적으로 피어난다

어머니의 고향

정진일

어머니 얼굴에 근심이 있는 날은
자리에 앓아누워
아무도 없는 친정을 생각하며
서러움을 눈물 자국으로 남기신다

바쁘다는 핑계로
어머니를 외면한 날에도
쪼그라든 가슴을 쓸며
고향 집 생각에 넋두리 하시고

여자로 태어나
아내와 어머니로 살아온 세월을
가끔 여자의 일생 노래로 마음을 달래며
삭신이 쑤신다면서 굽은 허리를 펴신다

물기 마르지 않은 가느다란 손마디가
고단한 흔적의 굽은 손으로
세월이 녹아든 청국장 끓여 내시며
맛있냐며 밥 한술 말아드시는 어머니

보름달 뜨는 날이면
더욱 향수에 젖어
대문 밖 서성이는 어머니 곁을
달은 따뜻한 그림자 되어 따라다닌다

그리움

정진일

신이 갈라놓을 때까지
평생 동반자로 살자며
향기나는 사랑을 하면서
꿈길을 동행했던 사람아

모자란 마음 채워가며
농익은 달콤한 사랑으로
행복을 맛보게 했던
초콜릿 같은 사람아

출근길 아침 인사도
잠시 이별처럼 느껴져
베란다 창문 앞에서 손을 흔들어 주던
망부석 같은 사람아

그대 빈자리에 눈물 꽃이 피고 지고
꿈속에조차도 만날 수 없는
바람 같은 사람이 되어버려
보고 싶다 말 못하는 벙어리 사랑에
이제는 그리움만 동행을 한다

잡초의 배려

정진일

듣기 싫은 지청구에
머리채 낚아채듯
송두리째 뽑혔던 자리에도
잡초는 끈질기게 뿌리를 내리고

거친 비바람에 저항하며
처절하게 널브러진 잡초는
꿀과 젖이 흐르는 초원으로
이 땅에 풍요를 선사한다

척박한 대지에도 불평 없이
땅속에 생명의 뿌리를 내리면
여린 꽃보다도 건강한 푸르름은
비옥한 땅을 만들어 준다

무성하게 자라난 풀숲에
들꽃들이 활짝 피어나면
잡초는 이름 없는 들풀이 되어
들꽃들을 아름답게 한다

미움도 사랑

정진일

마음은 두 번의 사랑을
허락하지 않았다
열릴 줄 모르는 내 마음이
너를 그리워하는 것은
미워하지 않으려는
미운 사랑 때문이던가

상처로만 남은 이별 앓이에
분노는 마음의 넋두리가 되고
내 마음은 화석이 되었다
이제는 시간이 바람처럼 흘러가
지나간 이별을 용서하고
미움도 사랑이 되어 옹이처럼 박혔다

님의 향기

불현듯 보고 싶은 그리움은
그대의 향기가 추억에 남아
가슴속에서 숨쉬기 때문이겠지요

홀로 가는 길
작은 들꽃에도 흔들리는 나는
당신의 향기가 그리웠나 봅니다

꽃향기 담은 달콤한 바람이
하얀 나비 되어 토해내는 향기는
그대 향한 입맞춤이었나 봅니다

조서연 시인

프로필
- 부산 거주
- 대한문학세계 시 부문 등단
- 대한문인협회 부산경남지회 정회원
- (사)창작문학예술인협의회 정회원
- 대한창작문예대학 6기 졸업
- 대한시낭송가협회 시낭송가반 재학 중
- 미용업 종사

비루한 영혼

조서연

길가에 오래된 민트색 페인트
너덜너덜 군데군데 벗겨진 초라한 의자가
헝클어진 내 삶을 쉬어가라 한다.

오랜 세월 버텨 온기 없는 영혼을
떨리는 손을 내밀어 잡아 주고는
스쳐 가는 사람들의 행복한 웃음소리를
귓가에 담아 가슴에 묻으라 말한다.

그리하여
질긴 영혼에 자존감마저도 메말라
일그러진 얼굴로 비굴하게
스스로를 고립시켜 섬에 가두지 말라 한다.

천형의 죄는 네가 부족함이 아니고
너를 슬프게 하는 것은 가난이 아니라
잠시 쉬어가는 것이라 말한다.

〈2016. 3. 23〉

유월의 향기

조서연

겨우내
얼어붙었던
야위은 시어에
햇볕 한점 스며들어
따뜻함에 싹이
돋아나는 설렘 이었던가

아픈
시어에 혼을 불어 넣고
한 행의
한 연에 색과 옷을 입히어
꽃과 나비처럼 춤추고
향기로운 내음에 취하듯
문법에 시를 풀었네

붙어 모르는 한 단어의
모양을 떨어뜨려
서로 그립게 만들고
기승전결 속으로
한 연이 물 위에 반짝이는
윤슬로 다시 태어나고

유월에 장미는
그토록 붉었던가
가시에 찔린 상처
훈장처럼 심상에 달고
마지막이 아닌
또 다른 시작임을 암시하듯
유월에 향기는
여러가지 아름다운
시어로 새롭게 피어난다네

〈2016. 5. 27〉

211

나에게로 여행

조서연

가다, 가다
숨 가쁜 고통이 가슴에 차오르거든
고개 들어 하늘 한번
올려다보는 것 어떠하리

코끝에 다가오는
싱그러운 이 향기는 어쩌면
내게 주어진 삶의 여로에서 오는
해방의 자유로움은 아닌지

비워보는 것도
비워내는 것도
또 다른 의미로
가득 채워지는 것일지도
나에게로 여행이 시작된
우연히 주어진 시간의 정거장
잠시 쉬어가는 빈 의자에 앉아있는
촉촉한 아픔들은
혼자만의 절대적인 시간과 빈 곳은 아닐까

아직은
무엇이든 그릴 수 있고
무엇이든 심을 수 있는
잠시 현실 속에서 벗어나
자투리 여백으로 가는 여행
지친 나그네들을 위해
가쁜 숨을 치료해 주는 열차에 올라
나에게로의 여행을 해보는 건 어떠하리오

〈2016. 3. 12〉

하늘 정원

조서연

시린 새벽이 오면
시퍼렇게 멍든 풀잎들
한 움큼씩 뜯어 산 하나만큼
겹겹이 쌓아 올려놓고

모진 타향살이 나를 울리고
서산에 해 기울어 내 맘 쓰러질 때
지그시 눈 감고
바람 타고 그곳에 가지요

엄마의 품이 있는 그곳
나의 천진함과 형제애가 보석처럼
고스란히 숨겨져 있는 그곳에
어서 가서 그 보석 상자 열어보리라

속세에 가식과 허세 벗어던지고
오롯이 홀딱 벗고 언제 가더라도
말없이 정답게 맞이해 주리니
휘영청 밝은 달도 내게 묻는다

"그동안 어찌 살았냐"
"사니라 힘들었제"
"인생이 다 그런 것이여"
몸속 길마다 스며들어
한없이 넘쳐나는 사랑이여라

〈2016. 5. 2〉

시간 속으로 흐르다

조서연

쓰러진 마음 일으켜 세워
먼지 털어내고
흐트러진 옷매무새 곱게 단장하여 헹한 눈동자
바람의 눈물로 헹구고

서둘러 잰걸음
시간 안에 현실을 올려놓고 째깍째깍
심장 속으로 초침을 맞추어
자본을 건지려 태엽을 감아올린다

잠시 혼돈에 가려
누워있는 시간을 일깨워
과정에 또 다른 의의를 두고서
세월 속으로 걸어가는 사람아

흐트러진
지나간 세월을 수습해 던져 넣고
조각난 시간은
어제에도 오늘도 쉬지 않고
내일을 향해 흐르고 있었음을 알아라

고장 난 시계처럼
바보 같은 가슴들은
버려진 시간 속에 쓰러져 안타깝게도 헤매고
바람처럼 떠돌고 있었음이야

다시 되돌아오는 길에
흐르는 눈물 한 방울.
허공에 날리 우고
두 다리에 힘을 모아
쓰러진 가슴들 일으켜 세워
원래부터 정지선 없던
그 길로 걸어 들어 본다

〈2016. 3. 14〉

한마음

조서연

이른 봄
안개 같은 가랑비에 옷 젖듯
나름대로 의미를 부여해 가슴에 새기는 날
꿈을 위해 우리 여기에 모였다

색깔과 모양은 달라도
한 곳을 향한 열망의 불꽃으로
심지 끝에 피워 올리고
봄비에 눈 틔어 피어나는 꽃잎들의
질투는 시작 되었다

벌거벗은 민둥산에 옷을 입히고
색을 덧칠해 하나의
아름다운 숲을 이루기 위한
백여 일간 함께 하는 혼불의 동지들

쓰러지고 넘어지더라도
서로의 웃음으로 의지하며
이끌고 밀어주며
아름다운 숲을 만들기 시작한
맑고 깨끗한 영혼들이여

같은 꿈을 꾸는 이 길에 선
그대들은 나의 동무요 동반자요
스승과 같은 존재들이다
한마음으로 한 배를 타고
같은 방향으로 노를 저어 간다

〈2016. 4. 29〉

그리움

조서연

눈길 가는 곳마다
그리움은 내게 손짓하고
걷는 발자국마다 고여 있어
내 핏속으로 타고 올라
속눈썹 처마에
이슬처럼 걸려 안개가
자욱이 내려앉은 듯합니다

깊은 상념에 빠져
허우적거리는
가난한 가슴이여
형상 없는 그 무엇을 잊기 위해
해 질 녘 붉은 노을 속으로
그리움의
잔상을 하나씩 뜯어내어

불쏘시개로 삼아
태우고 또 태우건만
바람 타고 허공 속으로
흩날리는
그리움의 잔해들은
또다시 머리 위로
까맣게 내려앉습니다

〈2016. 4. 20〉

병실에서

조서연

계절은 여름인데 겨울이 머무는 곳
어둡고 추운 먼 길 떠나려
거친 들숨 몰아쉬고 부르르 떨리는
푹 꺼진 눈꺼풀 외롭고 쓸쓸한 그림자 하나

날숨소리 희망이 사라지는 소리
벽에 붙은 시계마저 세상을 놓아
초침마저 멈춰선
기대할 수 없는 희망 앞에 무너져 내린
이율배반적인 사고는 양면성의 비애이니

늙고 병들어 썩어내리는
고목의 밑둥지를 베어내
자라나는 푸른 나무들의 밑거름으로
삼고 싶은 사악함은
가늠할 수 없는 날카로운 칼날 위에서
숨 쉬는 숲들은 심장을 가르며 울부짖는다

〈2016. 5. 16〉

봄날은 다시오다

조서연

거리마다 따뜻한 봄볕에
몽우리들을 힘껏 밀어 올려
서로 꽃을 피어 내고들 있습니다

그 모습들이 처음
본 것처럼 신비하고 새롭습니다

피고 지는 세월을 속절없이
반백 년을 바라만 본
귀밑머리 힛끗힛끗 해진
그 여자가
또다시 피어나는 봄꽃 앞에 가만히 서 있습니다

무시무시한
세상 풍파를 몇 번씩 견디었을 세월은 그 여자의
감성만은 비켜간 모양입니다

그저 그런 아픈 일들이 남의
일처럼 멀어집니다
봄 햇살이 얼굴 위로 쏟아지고
자유로운 영혼 하나가
넓은 들판을 달리기 시작합니다

〈2016. 3. 27〉

꽃은 피어나고

조서연

아픔 없이
피는 꽃 어디 있으랴
쓰나미처럼 훑고 간
모래 위에 진주하나 반짝이고
폭풍 한설 지나 벌거벗은 나목에
연노란 새싹이 움 틔우니
결실의 열매는
낙엽 지는 슬픔을 탓하지 않았다네

비움이
진정 비움이 아니듯이
원함이
진정 원함이 아니듯이
모든 것에는
고통 없이 이루어지지 않는 것이니
그 고통은
결코 의미 없는 것은 아니었으리
마음 속에 꽃 한 송이 피어 났습니다

〈2016. 5. 19〉

동반의 여정

(사)창작문학예술인협의회 주관

대한창작문예대학 졸업 작품집

초판 1쇄 : 2016년 6월 15일

지 은 이 :

　　곽종철 국순정 김려숙 김미숙 김혜정

　　김흥님 박광현 박정근 서미영 서복길

　　손정희 유동진 이광섭 임재화 임종구

　　장화순 정진일 조서연

엮 은 이 : 김락호

디자인 편집 : 이은희

기 획 : 시음사

인 쇄 : 청룡

연 락 처 : 1899-1341

홈페이지 주소 : www.poemmusic.net

E-Mail : poemarts@hanmail.net

정가 : 12,000원

ISBN : 979-11-86373-40-8